My brother,
lives in my body.
DARK櫻薰/NOVEL
薩那SANA. C/ILLUST
沉默之狼的危機
U0074027

[人物簡介]

來自聖域的歷練者

[龍夜]

龍族聖龍族族長之子，十四歲時就被家人給趕出去，要他歷練個兩年才可以回家。是個看似天生呆蠢，無害的人，實際上是好奇寶寶，也是個過度依賴人的麻煩製造機。

[暮朔]

龍族聖龍族族長之子，僅有魂魄，居住在弟弟龍夜的心靈一角。有著與龍夜相反的性格與氣質，金錢至上理論，看到好東西會先偷偷摸走。

[龍月]

龍族黑龍族之人，兩年歷練歸來的那一天，就被朋友龍夜給拉出門，指定他為外出的隨行者。

[龍緋煉]

龍族緋炎族族長，被暮朔指定指導者，負責處理龍夜歷練的任務。

[疑雁]

聖域銀狼族少主，在龍夜等人離開聖域時因打賭輸了，所以拜他為師，與他們一起行動。

[風·格里亞]
學院護衛隊的隊長，是名使風的魔法師，手裡總是拿著一把摺扇。

[茲克]
楓林學院校長，是個看不出是老人家的老人，喜歡戲弄自己學院院生的校長。

[艾米緹]
楓林學院的魔法院院長，喜歡與人打賭，個性有點火爆。

[拉莫非]
楓林學院的武鬥院院長，個性穩重，卻很喜歡別人與他討戰。

[賽洛斯·科塞德]
宿舍管理員之一，武鬥院學生，卻惜話如金，喜歡看書。

[利拉耶·斯克利特]
宿舍管理員之一，魔法院學生，雖然個性大剌剌間有點火爆，卻擅長與人交際，同時也兼當賽洛斯的發言人。

[薇紗·凱爾特]
魔法院院生，宿舍管理員之一，來自有名的鍊金術世家，個性火爆，看人不爽就先打再說。

[璐·斯克利特]
武鬥院院生，宿舍管理員之一，利拉耶的表妹，喜歡以表妹的身分去請利拉耶幫忙做事。

楓林魔武學院—

[光明教皇]
現任的光明教會的教皇，前激進派之首，但還是有發號施令的權利。

[莫里大主教]
九名大主教之一，黑暗獵人的領導者，現任光明教會激進派之首，對光明教皇唯命是從

[米隆]
九名大主教之一，教會的溫和派之首，性格溫和。

[米那]
九名大主教之一，與兄長不同，個性有些火爆，是屬於教會溫和派的人。

[菲亞德·史庫勞斯]
現任的黑暗教會的教王，少根筋、說話不經大腦，很容易讓部下有想要打他的衝動。

[亞爾斯諾]
黑暗教王的左右手，被光明教會追殺時，被龍夜所救。

教會—

Contents

prologue 失蹤的人

銀凱東區商店區廢棄倉庫外，銀髮少年仰首看著懸掛在夜空中的銀色圓月。

少年身旁的雪白色小狼溫馴地蹲坐在他的腳邊，學著少年一起抬頭看月亮。

「麻煩了。」少年唇微張，發出細微的嗓音。

「是的，疑雁大人。」

少年的身旁驀地出現一名灰髮男子，感慨的回應，「唉唉，大人吶，您在這裡躲了三天，估計那位大人就算原先不想殺你，現在也會開始行動了吧？」

疑雁隨便瞥了灰髮男子一眼，就轉移到身旁的小狼身上。

「這回就算有冰狼大人在，您也是在劫難逃。」

灰髮男子的話一完，廢棄倉庫的大門猛地打開，從裡頭走出一名身穿黑袍的男子。

黑袍男子將帽沿拉開，露出銀色的髮色和緊迫的表情，當視線搜尋到門外似乎在閒聊的疑雁和灰髮男子，唇抿了抿，二話不說就衝過去將兩人都拖進倉庫內。

在慢上幾步的小狼也進入倉庫後，他用腳狠狠把門給踹的關上。

「瑟依，你在幹什麼！」突然被人倒退著拉入漆黑的倉庫之中，灰髮男子露出不悅的神色，轉身大喊。

疑雁在踉蹌著腳步站穩後，就揮開瑟依拉住他後領的手，和小狼站到一邊。

「看你們毫無防備地在外面聊天，我擔心。」瑟依摸著被打開的手，皮笑肉不笑的。

灰髮男子聞言，忍住想將瑟依拖到旁邊爆打一頓的衝動。

「你擔心？你擔心個鬼！你也不想想，這一切是誰造成的？」

「沒辦法。」瑟依毫不在意的聳聳肩，「青路，你要知道，這件事總有一天會曝光，我只是讓它提早發生而已。」

「哼，還好這三天那位大人都沒有任何動作，不然我早就把你給滅了。」名為青路的灰髮男子狠狠瞪著瑟依，他一直認為，瑟依根本是自找麻煩，先把麻煩惹上身。

豈知，這話一出，瑟依眉頭一擰，冰冷的話語從唇中溢出。

「你當真認為這三天一點事都沒有發生？」

「我回去。」疑雁說：「夜師父很相信我，只要跟他解釋清楚就沒有問題。」

疑雁覺得自己要說清楚講明白，雖然當時考量到龍緋煉在氣頭上，留在他們身邊只有死路一條，但是三天過去了，他再不回去解釋，恐怕不止龍緋煉，連龍夜等人也會認為他死有餘辜。

「算了吧！還好我這裡專做暗殺生意，不少情報販子與我有工作上的往來。」

瑟依說著，拿出一份文件遞給青路，「威森在查我們。」

「威森酒店的老闆查我們做什麼？」青路拿過文件，大略翻了翻。

一旁的疑雁卻不負瑟依所望，毫不在意的只顧著看自家的小狼，繞著牠打轉，對他們疑似跳躍性展開的新話題沒有半點興趣。

青路翻看著文件內容，大多和瑟依的「影會」有關係，而且連影會的各大據點都查了出來，還好，此地是最私密的影會集合地點，目前還沒有曝光。

「如果調查沒有錯誤，威森的老闆就是那位傳說中的大人。」

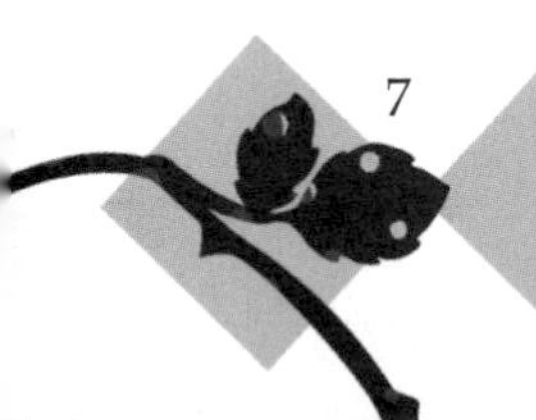

「不、不是吧？」青路總算開始緊張了，手上這些資料羅列了非常多影會的據點啊！瑟依見青路看得差不多，將文件抽走，「那位傳說中的大人雖然尚未派人『處理』疑雁大人，但他底下的部屬們正在調查我們，而且越查越細，你知道這是什麼意思吧？」

「……他是想要趕盡殺絕嗎？」

「不是想，是肯定。」瑟依認真地回答。

根據他留在楓林學院的部下所回報的狀況，疑雁失蹤後，龍緋煉對於消失不見的宿舍室友隻字不提，就連宿舍管理員查勤，詢問疑雁為何沒有回房休息，他不止冷冷地注視著兩位管理員，更是不予回應，活像那間房裡從來沒有住過一個叫疑雁的人。

最後還是龍月苦著一張臉，委婉地對管理員表示，疑雁處理任務時出了一點意外，目前行蹤不明，他們找不到人，所以龍緋煉的臉色才這麼差，請管理員多多包涵之類的鬼話。

當然，這些話不管怎麼聽都是漏洞百出的謊言。

管理員想要繼續追究時，剛好護衛隊隊長風·格里亞帶著龍夜來到307號房，他直接用隊長權限將兩位管理員遣走，要他們暫時不要管這件事。

然後，格里亞讓龍夜和龍月到房間外等候，他獨自進入房間與龍緋煉討論。

雖然瑟依的部下無法得知龍緋煉與格里亞的密談經過，但從龍夜和龍月的談論得知，那位大人很反常的沒有詢問疑雁失蹤的事。

這種近乎不聞不問的作法，調查過龍緋煉作風的瑟依知道，龍緋煉已經把疑雁當死人看待。

「天吶，如果是這樣，那我們不就死定了？」

青路咋舌，沒想到龍緋煉行事作風這麼狠毒，疑雁的身分可是銀狼族的少主，難道他不怕這件事會演變成兩族之間的糾紛？

「不會。」疑雁冷靜地說：「讓我回去解釋就可以了。」又繼續老調重彈。

「疑雁大人！」青路和瑟依同時無奈的大喊。

他們無法理解，楓林學院已經變成了一個跳不得的大火坑，疑雁跳下去只怕是有去無回，為什麼他還是堅持要回去？

「有夜師父在。」疑雁認真的再次舉例，不在乎他被無視、否定了很多次。

「您覺得那個人可以說服那位大人？」青路不信的質疑。

「暮朔師父。」疑雁更正一下，在他心裡真正能說服龍緋煉的人選。

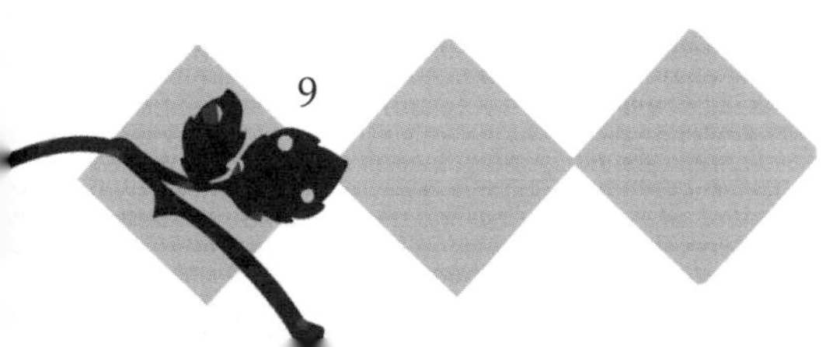

「這……」青路動搖了。

龍緋煉對於暮朔容忍度非常的高，高到暮朔只要願意提出要求，龍緋煉就會聽從。

而他們會知道，也是因為有一個活生生的例子就在眼前。

當初疑雁之所以能夠與龍夜等人一起旅行，是因為有暮朔替疑雁擔保，他才可以活到現在，不然早在疑雁知曉龍夜與暮朔的祕密時，早就被龍緋煉給宰掉了。

「疑雁大人，還是請您死心。」瑟依暗自踩了青路一腳，表達對青路這麼容易就被疑雁說服的不滿，「就算您說得有道理，但如果您找到繼承人大人前遭遇到那位傳說中的大人呢？」

不用多想，一定是死路一條。

這是他們不用明說，大家都有的唯一共識。

「唔……」疑雁雙眉揪緊，低頭看著腳邊的雪白色小狼，喃喃道：「冰狼，你覺得呢？」

冰狼仰起頭，對主人發出微微嗚聲，晃動著尾巴。

「疑雁大人，請您不要老是靠冰狼大人解危！」青路低聲吶喊。

他們這位大人是多麼想要依靠寵物過活？不管大小事全部要問過寵物。

可是這次不同，光靠這位不會說話的冰狼大人就可以解決這個大危機嗎？

冰狼頂多只有帶路找人的功用，幫人想法子、想活路的高難度動作牠可是做不來。

疑雁假裝沒有聽到族人的吶喊，蹲下身，默默拍著冰狼的頭。

瑟依和青路見疑雁進入與寵物的「溝通」模式，不再理會他們，只能暫時停止對疑雁的勸說。

畢竟，疑雁在跟寵物玩時，別人對他說的話，他全都聽不進去，與其讓疑雁去想該如何找尋龍夜說明，還不如讓他自己一個人在這裡摸寵物。

只要疑雁不會私下跑走，在這裡是比出去外面閒晃還安全的。

至於其他的事……

身為下屬的自己是拿來做什麼的？不就是現在要派上用場的嗎？

雖是如此，瑟依還是要多做一些準備動作。

「青路。」他看向同伴，偷偷的示意。

「我知道。」青路的目光已經移動到疑雁身上。

不用瑟依提醒他也知道，不論如何，他們都不可以讓疑雁離開這裡一步。

而當瑟依出去「尋找活路」，留下來「看守」的事，就輪到他來做了。

兩人的決定

「你，怎麼留在這裡不走？」

楓林學院宿舍３０７號房內，身穿淡紅色長袍，有著一頭紅髮的青年，板著一張臉，注視著留在宿舍房間內的銀髮少年，然後，他將目光移到少年身旁的黑髮少年身上。

「你帶進來的？」雖是疑問句，用詞卻是肯定的。

畢竟，這間３０７號房的房客是他、龍月和疑雁，就算疑雁不在房間內，屬於樓下２０５號房的龍夜在這時刻，應該要在樓下房間休息，而不是上來３０７號房。

那麼，本來就不屬於這個房間的銀髮少年，當然是黑髮少年特地帶進來的。

「是，緋煉大人。」龍月心知龍緋煉會讀心，直接坦白。

départ de mon cher papa et sa mort glorieuse, ce que
car tous les orphelins ont une mère au ciel...
307

只是面對龍緋煉彷彿可以看穿內心的目光，龍月不自覺別開眼神，不敢與之對視。

龍月一躲，龍緋煉立刻看向另一個人。

「月、月……」

龍夜突然抓向龍月的衣服，順利抓到衣襬時，手還抖啊抖的，儼然就像是一名被人欺凌的受害者。

他今晚會出現在307號房，不是為了別的原因，就是為了原本住在這個房間，屬於房間第三個住宿者的疑雁，他已經失蹤三天了。

三天前，龍月和疑雁處理完學院的萬靈藥任務後，不知為何，整個人像是人間蒸發，無聲無息的消失，不知去向，半點消息都沒有，也沒有留下線索。

當時暮朔跟他們說，疑雁的同族同伴出現了，之後就岔開話題，轉移到萬靈藥上頭，不再談論有關於疑雁的事情。

原本龍夜和龍月是認為疑雁可能沒有多久就會回來，但面對一連三天不見人影，龍緋煉更不曾過問疑雁「消失」的事，讓龍月嗅出一絲不對勁。

疑雁會與他們一起旅行，主要原因是在他和龍夜的打鬥過程中，無意間發現暮朔的靈

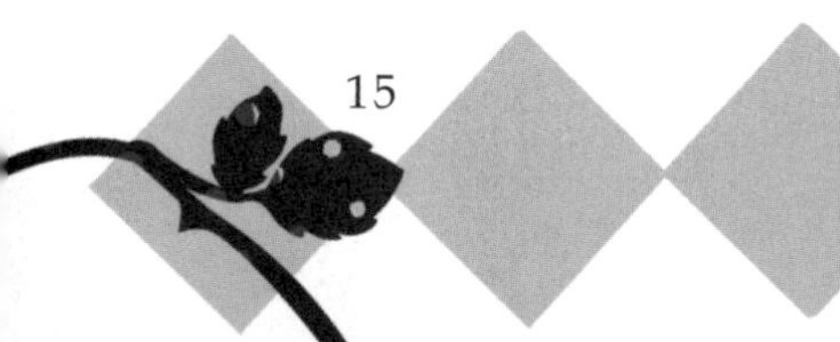

魂居住在龍夜體內，所以被龍緋煉疑似綁架的強行帶走。

因此，當疑雁還保有這個祕密，龍月不認為，龍緋煉會放任疑雁在外頭消失三天。

依照龍月所了解的這位大人的個性，這時候龍緋煉應該早就離開楓林學院，去追殺或帶回這名沒有事先說明就自行消失的銀狼族少年。

雖然龍月比較偏向龍緋煉會直接解決掉疑雁這名麻煩，讓他往後不需要煩惱暮朔的祕密被疑雁揭穿，但是出乎意料之外，龍緋煉在這三天裡居然什麼都沒有做。

面對龍緋煉的反常舉動，越發讓龍月心中堆滿了疑惑。

那疑問就跟蟲一樣，不斷鑽動，讓他產生詢問的衝動。

只是，比起不好說話的龍緋煉，龍月更傾向去找暮朔解惑，他一樣知曉疑雁不見的原因。於是他去了205號房，把躺在床上、趁著沒有任務埋首書堆的龍夜抓了出來。

一問之下才知道，其實就連龍夜也想知道疑雁的下落，但偏偏暮朔不願意回答，只說他們要是真想知道，就去問龍緋煉。

而之後，不想要這件事莫名其妙的結束，他們被迫來找龍緋煉了。

可惜龍夜被龍月帶到房間後，話還沒問，就被龍緋煉一眼看穿。

龍夜甚至還被那位大人定定打量的可怕森冷眼神嚇得半死，連忙抓著龍月求救。

看龍夜害怕成這樣，害龍月忽然下不了手狠心推龍夜去問。

龍緋煉聽著龍月後悔拖龍夜來一起死的心聲，冷冷勾了勾唇，淡淡將眼神收回，罕見地先行開口：「你們想問小鬼二號的事情？」

此話一出，龍月和龍夜都鬆了口氣，看來這位大人還算是有良心，願意自行說明。

——良心？

龍緋煉聽著龍月的心聲，內心冷哼。

他相信，接下來自己所說的話，會讓龍月把這兩字給吞回去的。

「很簡單，我要殺了他。」

這句話宛如震撼彈，在他們兩人的心頭狠狠地炸上一遍。

殺了他？緋煉大人要殺疑雁？到底發生了什麼事！

龍月跟龍夜兩人面面相覷，不知道該不該繼續問下去。

「暮朔沒說？」龍緋煉也不想說的要求，「暮朔，解釋一下。」

『……解釋個鬼呀！只是小事而已，有必要把這件事看得這麼嚴重？小鬼你就這樣說

吧，今天你哥我給你靠，我說啥你都照說出去，不要給我一直當蛤蜊閉嘴不說。』

暮朔的低吼聲在龍夜心裡響完一遍，下一刻龍夜顫抖的話聲就傳入所有人的耳中。

「解釋個鬼呀！只是小事而已，有必要把這件事看得這麼嚴重?小鬼你就這樣說吧，今天你哥我給你靠，我說啥你都照說出去，不要給我一直當蛤蜊閉嘴不說。」

不曉得是不是前面被龍緋煉嚇得太嚴重，還是後面被暮朔的吼聲刺激了。龍夜一字不改的，連暮朔跟他說的話，也一併附上的說了出來。

龍月眨了眨眼，難掩驚訝的懷疑，自己剛才是不是同樣的話聽了兩遍?

「夜，你跟暮朔談了多久?」龍月不得不問。

「就剛剛那些。」龍夜長嘆，從他進入307號房到現在，暮朔都不回應他的問題，直到龍緋煉說出「殺人宣言」，這才願意開金口說話。

「嗯?等等，月你怎麼想問我和暮朔說了多久的話?」

龍夜想著想著，越想越不對勁，龍月的話聽起來怎麼好像是——

『緋煉，算你狠。』暮朔咬牙切齒的對龍夜解釋道：『死小鬼，緋煉使用法術讓龍月可以「毫無障礙」的加入我們的對談。』

龍緋煉看著龍夜，實際上是對龍夜內心一角的暮朔說：「問題一次解決，免得麻煩。」

『我還是覺得你太敏感了，如果你沒有露出要殺疑雁小鬼的意圖，他不會消失。』暮朔理直氣壯的，『如果我是疑雁小鬼，為了性命著想，當然得跑得遠遠的，以免小命不見。』

「這是心虛。」龍緋煉反駁。

『他和我有契約。』暮朔指正道：『疑雁小鬼無法做出洩密的事，在聖域你也確認過契約很牢靠才放過他，讓他跟我們一起行動。現在你卻說要殺他解決問題？這會不會太瘋狂了？』

說完，暮朔故意嘲弄的哼哼笑了幾聲。

「我倒是認為，當初順著你的意去做，才是錯誤。說什麼瘋狂？瘋狂的是你認為契約有用，瘋狂的替小鬼二號擔保，不然他現在哪有機會跑得不見蹤影！」

龍緋煉紅眸微動，緊盯著龍夜，越說話聲越冷。

他這一盯，讓龍夜嚇得往後退了好幾步，明知道龍緋煉注視的對象是暮朔，他還是會害怕。

同樣的，一旁的龍月也在挪移腳步，退向和龍夜相反的方向，以策安全。

龍夜絕望的看著龍月離他越來越遠，好好喔，他也想偏離那位大人的焦點所在啊！

當龍緋煉和暮朔疑似火星四濺，快要吵出火來，龍夜和龍月即使站的離彼此很遙遠，依然心有靈犀的選擇閉嘴，免得不小心會掃到颱風尾。

『龍緋煉，那是我的決定，責任歸屬由我自己承擔，和你有啥關係？』暮朔吸了口氣，大聲地說：『總之，疑雁小鬼是我徒弟，你不准動他。』

果然，暮朔生氣了。

龍月第一次聽到暮朔直接大喊龍緋煉的全名，並且反抗龍緋煉的決定。

龍緋煉挑眉，面對暮朔的怒火，絲毫不想退讓，反而有加油添火的趨勢。

「我沒有必要聽你的，暮朔，你這樣是放縱那個小鬼，會替你自己招來殺身之禍，你不是很擔心你的弟弟龍夜？就算他因為小鬼的離開而遇到生命危險，你也要保那個小鬼？」

這個問題太尖刻、太敏感了，一時之間，寂靜席捲了整間307號房。

所有人——包含發問的龍緋煉，都在等待暮朔的回答。

期間龍夜嘴唇顫抖著，意圖說點什麼，偏偏在龍緋煉的注視下，沒有勇氣開口。

他跟暮朔是一樣的，他也相信疑雁的，可是那位大人的眼神好可怕。

過了許久，暮朔似有若無的嘆了口氣，才終於回答。

『就算是這樣，我還是願意相信他。』

「為什麼你會盲目的相信他？」不知怎地，龍緋煉平淡的嗓音出現一絲情緒的起伏，「你就這麼相信他不會背叛你？你就這麼相信你的契約不會失效？」

暮朔透過龍夜的眼睛，直視著龍緋煉。

這問題，當初在聖域時龍緋煉就問過他，這是一模一樣的問題，沒有改過。

『是啊，我相信。』

暮朔的唇中溢出肯定的話，而說完的下一秒，龍緋煉憤怒地拂袖而去。

面對龍緋煉大動作的離去，龍夜和龍月錯愕地看著宿舍房門，不曉得如何反應。

『龍月，你快跟過去。』相較於傻眼的兩人，暮朔顯得冷靜多了。

「我跟過去做什麼？緋煉大人正在生氣。」龍月皺眉想要拒絕。

『笨。』暮朔罵道：『就是因為他心情不好，才要你跟過去。如果他一氣之下，直接離開學院去殺疑雁小鬼給我看，那不就慘了？』

龍月想了想，暮朔說得沒錯，立刻轉身跑離房間，去追生氣離開的龍緋煉。

307號房內的人接二連三的離開，才一下子，就剩一個人待在不屬於他的房間。

龍夜尷尬地搔了搔臉頰，思考自己是不是要回到205號房休息。

『小鬼，先等等。』暮朔聽到龍夜的去意，趕緊叫住他。

「嗯？怎麼，有事？」龍夜一臉納悶，不明白暮朔為什麼要他等等。

『當然！嘖，這樣說話好麻煩，先把房門關了。』暮朔要求。

「喔，好。」龍夜點點頭，走到門前，把龍月走時忘了關的門給關上。

『給我進來。』

暮朔確定門關妥了，房間內沒有其他人，也不會有人闖進來，為了方便談話，他二話不說，直接將龍夜抓入心靈空間。

語落瞬間，龍夜眼前視線轉換，變成白色的空間。

「唔啊，好久沒有來這裡了。」龍夜眨了眨眼，懷念地說。

他側著臉，看著依然拉著自己的衣領，眉頭深鎖的哥哥大人。

『懷念的話，以後我天天把你拉進來「聊天」，你覺得怎麼樣？』暮朔很好說話的鬆開手。

龍夜一聽，馬上搖頭，「不不不，不用這麼麻煩。」

『哦，不會麻煩。』暮朔悠哉的擺了擺手。

龍夜隨著他手擺動的幅度，嗓音跟著發抖的說道：「暮、暮、暮、暮朔你別鬧我。你特地把我捉進來，是有什麼要緊的事要跟我說？」

平常他沒少被暮朔帶入內心世界「教訓」，但今日情況不太一樣，暮朔表達的很清楚，是為了「說」點事情，才抓他進入。

不會是身體出什麼毛病吧？上次靈魂受到攻擊的後遺症都結束了嗎？

龍夜低著頭，眼簾偷偷上抬，仔細打量撥動長到拖地的銀色挑金長髮的暮朔，發現暮朔似乎身體狀況不錯，看起來挺有活力的，內心鬆了口氣。

暮朔面對龍夜自以為掩飾很好的眼神動作，眉頭微微上挑，金與銀色的異色雙瞳眨了眨，淡淡地說：『我都說我沒問題，這回你信了吧？』

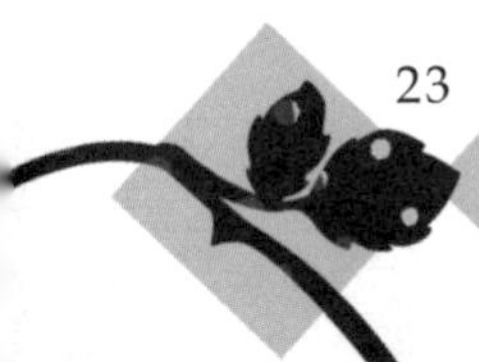

龍夜用力點頭，對，他信了。

就算他知道暮朔的靈魂已經治癒，但沒有親眼確認，還是無法安下心。

現在，他終於把懸在心上的擔憂給放下了。

『……算了，我不想跟你計較這些。』

暮朔面對弟弟露骨的打探眼神，頭痛不已，難道他的信譽這麼差，說出去的話無法讓人相信？

對啦，他也知道眼見為憑，與其用說的，不如讓龍夜自己看，但他就是不想為了這點小事讓龍夜進入心靈空間確認他的身體狀況，沒那個必要。

「暮朔，你到底想要說什麼？」龍夜催促暮朔。

雖說他人看似在心靈空間內，實際上，他的身體可是直挺挺躺在307號房吶，如果被他那兩位去而復返的宿舍管理員室友發現他睡覺不回房間，居然窩在別人房間的地板上，鐵定會被他們兩人拖回房間後，等他「醒來」再狠狠唸上一頓。

『討論疑雁小鬼。』暮朔抿了抿唇，直撲主題。

龍夜聞言，瞠大雙眼。

對於這個話題，他心中隱約有個底，只是不知道該怎麼詢問。

『對於疑雁小鬼的處置，緋煉的意思你也聽到了。』

「非常清楚。」其實龍夜沒有想到，暮朔居然會因為疑雁跟龍緋煉翻臉。

『嘛，討論之前，我想要聽聽你對疑雁小鬼的感覺。』

暮朔直接坐在白色的地面上，探手拍了拍地面，要龍夜也坐下。

龍夜見狀，學著暮朔席地而坐。面對提問，他將雙手環在胸前，眉頭皺得死緊，仔細思考。

暮朔沒有催促，靜靜看著龍夜，等他回答。

「唔……」龍夜閉上眼，內心茫無頭緒。

暮朔突然問他對疑雁的感覺，一時之間，要他怎麼回答？

『慢慢來，不要急。』暮朔打了呵欠，慢悠悠的說。

反正趕時間的人是龍夜，又不是他。

「什麼不要急。」龍夜嘟噥道，對暮朔投以怨懟的眼神，他抓了抓頭髮，整理好腦內辭彙，有些不確定，「我覺得他很可憐。」

『說來聽聽。』暮朔挑眉，又打了呵欠。

「暮朔你想睡了？」面對頻頻打呵欠的暮朔，龍夜有些慌張。

『不是。』暮朔忍住咆哮的衝動，一本正經的回答：『只是沒睡飽。』

「你今天不是睡上半天了？怎麼沒睡飽？是不是身體方面還沒好？」龍夜聞言，對暮朔翻了翻白眼，對於秉持著一天一定要睡滿一半時間才划算的暮朔，他不知道該怎麼說的好，最近暮朔睡覺的時間越來越長，他都不知道這是反常還是正常。

或者真像他猜的這樣，暮朔只是看起來好了，事實上並沒有？

『你那什麼眼神？別歪題。』暮朔轉移話題道：『給我說說可憐疑雁小鬼的原因。』

「哦。」龍夜繼續說：「因為他一開始就不是要跟我們到這裡來的。」

然後呢？

龍夜閉上了嘴，思考接下來該如何說。

當初即使疑雁打輸了，要認龍夜和暮朔當師父，也不用同行的。

疑雁會一起來水世界是一場意外，就因為他發現暮朔的祕密，而被下了禁言契約，更是被那位大人半強迫的「綁票」，連生命都受到威脅。

身為水世界一行人中，唯一一個最大受害者，疑雁沒有不合作，反而比龍月更像是隨行者，既不干涉龍夜的歷練，也會適時當一個推手，協助龍夜的歷練任務。

被龍緋煉呼來喚去不說，還會替龍夜打抱不平。

況且疑雁也知道，如果惹火龍緋煉，必定會有殺身之禍，他已經與他們旅行一段時間，過了很長一段時間的團體生活，對龍緋煉的個性並不陌生。

疑雁跟龍夜不一樣，他是一個聰明人，知道該怎麼做才可以保住小命，而且他對龍緋煉的畏懼是真的、對暮朔的恭敬也是真的，對於這樣一個人，龍夜不想多加懷疑。

就算疑雁突然遇見銀狼族同伴，龍夜也相信疑雁不會為了想「回家」之類的念頭，就去找同伴，述說他被「綁票」的前因後果，畢竟有契約在呀，疑雁明知道他身上綁著一個違約時就會要了自己小命的禁言契約。

一旦把事情說出來，肯定會說到暮朔的事，那樣越解釋就會越描越黑，說不定一個失言，就會把自己的命賠上，還不如穩穩的繼續跟他們旅行，直到旅程結束、重獲自由。

如果旅行途中疑雁的同伴追上來，想要質問疑雁為何要跟龍族之人一起行動，相信龍緋煉也會給銀狼族的人一個完美的解釋，讓他們不要找疑雁的麻煩。

把龍緋煉惹火是一件非常不妙的事情，這件事每個人都知道。

龍夜想不透，疑雁為什麼要離開？

他好不容易建立的信任，就因為銀狼族族人而崩毀，這只有壞處，沒有好處。

暮朔半垂著眼，聽著龍夜心中的話，唇微微勾起，露出一絲讚賞。

看來，龍夜跟了格里亞之後，腦袋一直動呀動的，開始知道要怎麼思考與推測。

龍夜思考完畢，抬起頭，恰巧瞧見暮朔似笑非笑的神情，心臟差點漏跳半拍，為什麼暮朔要對他露出比奸商還要奸商的表情，一臉計畫成功的模樣？

『什麼比奸商還奸商？沒禮貌。』聽到弟弟的這段內心話，暮朔不滿的責怪。

「唔。」龍夜畏懼的縮了縮脖子。

作弊、作弊，這絕對是作弊。

不是要聽聽他對疑雁的感覺嗎？怎麼直接偷聽自己的內心想法！

『有時嘴上說的不一定是真的。心裡所說的話，才是毫無修改的真話。』

龍夜再度無語，敢情這位哥哥大人是把「真心話」這三個字的意思給曲解了。

『不過，你想的跟我想的差不多。』暮朔緩緩地說：『我也認為，疑雁不會背叛。』

到最後，他還是選擇把疑雁會被龍緋煉追殺的真正原因給隱藏起來。

他可沒有把尋找賢者的任務，排入弟弟的功課裡。

況且，暮朔對於自己的契約效力非常有自信。他不相信，愛戰鬥的銀狼族裡會有人閒閒沒事，鑽研這種對戰鬥毫無用處的法術，來幫疑雁破解禁言契約。

就算有萬一，真有這麼無聊的人，禁言契約解除的當下，他一定會知道。

由此判斷，疑雁絕對沒有說出祕密，而他會逃，只是不想死罷了。

人家擺明要殺他了，不逃，是要傻傻的站在原地給人宰嗎？

這種吃虧不討好的事連龍夜都不會做了，更別說是疑雁。

另外一點在於，全聖域的人都在找賢者，關於暮朔是繼承人的傳言，某種程度上，算是傳得很廣泛，只礙於自己成了「死人」，已經死無對證，才沒有人前往聖龍族找他們的父親探問。

真麻煩。暮朔暗自咋舌。

如果疑雁沒有說出祕密，可以推論銀狼族那方早就懷疑他沒死？

想到這裡，暮朔頭痛了。

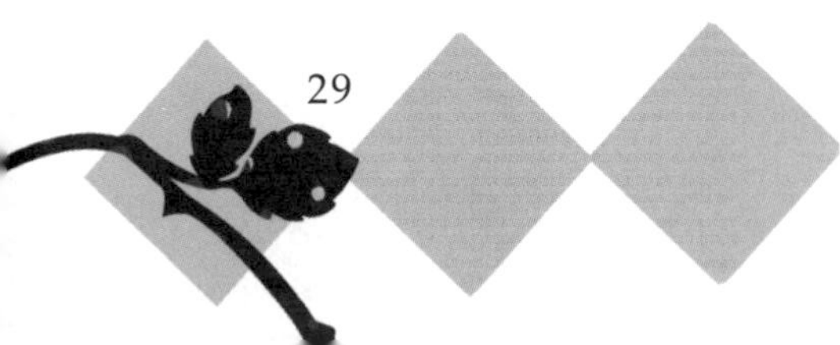

該不會是龍緋煉當龍夜指導者的緣故，讓銀狼族的人懷疑他沒有死，還異想天開的認為，他可能借用了「龍夜」的身體，或者是偽裝成「龍夜」本人，以此推論當時被暗殺掉的孩子其實是雙胞胎弟弟龍夜，而不是暮朔。

甚至沒死掉的他還將錯就錯，在刻意扮演廢柴，好讓其他人不起疑心。

暮朔越思考，越不敢臆測下去，先前他沒有想過，如今想到了，不論這些推測是否屬實，疑雁逃跑是真，對他的看法和態度不能再像之前那樣。

對此，暮朔不耐煩的嘆口長氣。

先前對於尋找賢者的任務毫無幹勁，沒想過詢問疑雁銀狼族對賢者的看法。

要是早問過了，確定銀狼族對賢者和賢者繼承人沒有抱持負面思想，疑雁就不用失蹤。

話說回來，人的潛意識是十分恐怖的，它掌握著許多平時看到聽過卻不在意的資訊，將它們串連成一個完整的結論，從內心深處隱隱約約的影響著一個人平時的行為舉止。

比如以前聽過誰故意說誰的壞話，當時沒注意，後面和這個人相處時，才剛見面就會有一種「這人喜歡說人閒話」的印象自然而然的冒出來，諸如此類的。

所以，暮朔思考著，自己為什麼鐵了心的認為疑雁沒有問題？是不是受了什麼影響？

是以前聽說過疑雁的什麼事嗎？暮朔很少對人如此堅信且毫不懷疑。

想了半天，沒印象啊，暮朔頭疼地揉了揉額角。算了，先不想了，總之，他就是認為疑雁沒有問題，那麼等到那個便宜徒弟回來，他一定要跟疑雁索取「擔心」的費用。

「暮朔你很關心疑雁呀！」龍夜吃味的感慨。

他這弟弟比徒弟還不如嗎？

他第一次看到暮朔會為了認識不久的人，這麼憂愁煩惱。

『哈。』暮朔看龍夜耍憂鬱，抬手拍了拍龍夜的頭，『好啦好啦，也說不上關心，我對我的實力很清楚，如果真讓緋煉做掉疑雁小鬼，不就變相表示我的禁言契約不牢靠，還需要有人幫我收拾善後，這樣我以後要怎麼在外頭混？丟臉啊，太丟臉了。』

龍夜乖乖的低頭讓暮朔拍頭安慰，對於暮朔「很少做出」，或者該說「不太願意對他進行」的打氣行為，心裡很高興，同時也擔心了起來。

這三天一直跟格里亞東奔西跑，不知道是不是見的人多了，需要觀察的人一再增加，他似乎查覺到，暮朔在努力隱瞞一件重要的事情，不想跟他明說。

暮朔收回手，瞇起雙眸注視著龍夜。

對於越來越精明的弟弟，是不是要減少將他拉入心靈空間的次數？

他擔心，遲早有一天，他會無法瞞過龍夜有關於自己的實際狀況。

龍夜悶悶的看著暮朔收回的手，知道暮朔切入「說正題」的心態，配合的開口：「疑雁要怎麼辦？緋煉大人要他死，我們要怎麼做才好？想辦法給疑雁申訴的機會嗎？」

『你有長進了，嗯，給他申訴的機會，我們要比緋煉更早找到他。』

沒錯，現在最好的解決方法，是把失蹤的人找出來，聽疑雁親口說明他離開的理由。而且找人的動作要比龍緋煉快，必須要搶在他的前頭。

「我們要怎麼找？」

龍夜眨了眨銀色雙眸，目前他所知道的情報販子——威森酒店，那是屬於龍緋煉的眼線，如果去那裡買情報，酒店一定會把這件事告知龍緋煉，他們就不用找人了。

『怎麼找？我們可以先去探探護衛隊隊長的口風。』暮朔打個呵欠，『如果他要幫我們，就會告訴我們哪裡可以查出疑雁小鬼的行蹤。』

「嗯，格里亞先生也有自己認識的情報販子，找他沒有問題。」一聽到格里亞的名字，龍夜的精神就來了。

『嘖，聽到要見那傢伙，你挺開心的嘛！』暮朔低聲輕喃的說。對於弟弟崇拜的對象變成了格里亞，他的內心還是很複雜。

「暮朔你說什麼？」龍夜沒有聽清楚的問。

『沒什麼。』暮朔沒好氣的提醒，『話先說在前頭，這件事你不准找龍月幫忙。』

「咦？為什麼？月也可以幫忙。」

既然暮朔認為疑雁沒有背叛意圖，或許龍月也是這麼想，如果龍月願意幫忙，就會多一個人手尋找疑雁，他們找的速度會加快些的。

畢竟，龍夜和暮朔，加加減減只能算一個人，在尋人的工作上，極缺人手呀！

『不行。』暮朔堅決反對。

「為什麼不行？」龍夜不甘心地問。

『很簡單，因為我讓他去追緋煉了，他在幫我們阻礙緋煉找人的速度。』暮朔態度認真的強調，『所以小鬼，這一回我們只能靠自己了。』

龍夜聽到暮朔這麼理直氣壯的理由，嘴巴張得大大的，一時間難以闔起。

這是什麼爛理由？這讓他難以信服。

龍月擋得住那位大人嗎？龍夜很懷疑、非常懷疑、由衷的懷疑！

暮朔看著龍夜的質疑，換一個說法：『小鬼，你要想想，這是一個難得的機會。』

「什麼機會？」偷懶的機會咩？

龍夜非常相信，尋人的工作是他去做，暮朔只會出一張嘴，負責指揮他。

『唉，小鬼你這麼不相信我？』龍夜的心聲，暮朔聽見了，對於自己的評價在弟弟的心中如此的低，讓他有點小受傷，『這一次我不會不負責任扔給你做，我會幫忙的。』

畢竟這是人命關天的事情，不可以馬虎。

其實暮朔有想過，乾脆打昏龍夜，自己去處理這件事。但一想這起事件可以用來教育龍夜，只好忍住這個充滿誘惑的想法，大不了情況不妙再出來接手。

龍夜眨眨銀色的雙眸，內心有個念頭，「所以，這算是我們首次合作的祕密行動？」

『雖然沒多祕密，差不多是這樣。』暮朔歪頭說道。

如果搞得定格里亞，那麼這個行動算是成功一半，剩下一半要看疑雁的造化了。

「那我們現在就去？」龍夜偷偷竊喜著。

他終於不是被否決在計畫外的廢柴了，哥哥大人居然要跟他合作！

『當然。』

暮朔怔愣的面對龍夜的心聲，又好笑又好氣的沉默了一會兒，想不起來能說什麼，乾脆不予理會的回歸主題，催促道：『小鬼你可以去找那名護衛隊隊長了。』

既然討論好了，當然要馬上行動。

先找到格里亞，再來思考要怎麼從他那裡挖出情報販子的地點，做事要一步步來。

宿舍門口，一道即將走出宿舍的紅色背影。

「緋煉大人！」龍月氣喘吁吁的大喊，希望前方那人可以停下腳步。

只是龍緋煉聽而未聞般，依舊維持稍快的速度，不斷向前走。

龍月見狀，被迫用跑的，快步追出宿舍。但他沒想到，甫一踏出宿舍，身體像是撞到一層薄薄的膜，整個人「跌」了進去。

「咦？」龍月微微暈眩的坐在地上，到處張望。

剛剛那一跌，那短短的一瞬間，就讓他來到宿舍外不遠處的楓樹休息區。

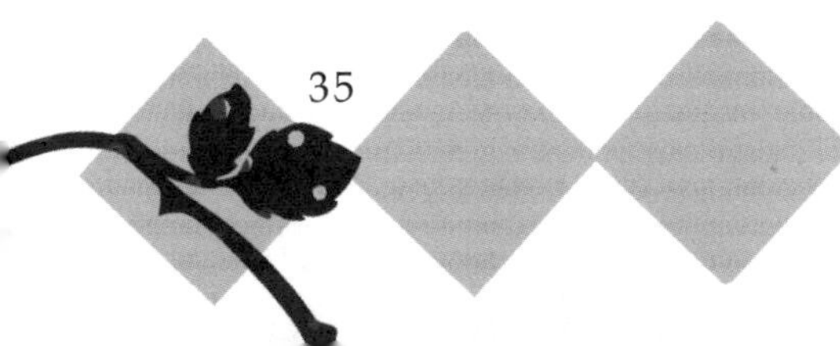

「這裡。」

淡漠的嗓音出現在龍月的身後。

他一轉頭，就看到龍緋煉已經坐在樹下的乘涼區。

夜晚的乘涼區，晚風輕輕吹拂，周圍連一名院生都看不到，龍月左看右看，確定這裡只有他們兩個，沒有其他人後，這才坐到龍緋煉前方的位置。

和那位大人面對面的座位，讓龍月坐得有點不安穩，他一直觀察眼前默默不語的大人，不知道龍緋煉是否還在因為暮朔想要袒護疑雁而生氣？

「暮朔這次不會聽我的。」不知怎地，龍緋煉沒有等龍月詢問，就先開口了，「當然，龍夜會被暮朔煽動，不會因為我的決定放棄找小鬼二號。」

「請問，緋煉大人想要我做什麼？」

龍月這番話一出，龍緋煉唇角勾起，淡淡地說：「跟上小鬼，看他要做什麼。」

「我知道了。」

「你可以選擇不要。」對於龍月乾脆的回答，龍緋煉有些意外。

他讀著龍月的心，確定對方心中沒有任何的疑慮，便故意拋出這句誘惑。

「只是顧著夜，不要讓他亂跑和與疑雁接觸，這我沒問題的。」

龍月點頭回答，心中沒有絲毫的猶豫，畢竟疑雁的行為算不上毫無問題，而有問題就代表有可能出事，為了龍夜的安全著想，這樣的任務他接的毫無心理負擔。

問題是對付龍夜不難，麻煩的是暮朔，他大概會從中作梗，讓龍夜從自己的眼皮底下逃跑，讓監視行動中途夭折。

龍月為此垂下眼簾，唇抿了抿，不知道該不該繼續問下去。

「有什麼疑問就說。」龍緋煉瞥了龍月一眼。

龍月想了想，還是把疑問提了出來：「緋煉大人，您為什麼要殺疑雁？」

不管他怎麼想，都認為疑雁頂多是「嫌疑犯」，算不上該死的程度，偏偏龍緋煉不止下了殺人宣言，還不惜跟暮朔鬧翻，甚至氣呼呼的甩手離開。

他可以接受為了安全起見，不讓單純的龍夜和疑雁接觸，但是殺人就有點……

在執行校長第二項任務時，疑雁和他一起行動，並沒有遠離他的視線。

頂多是在圖書館查書的時候，疑雁有外出帶他的寵物散步，他記得那時候疑雁離開的時間是長了一些，卻沒有長到會讓人懷疑的程度。

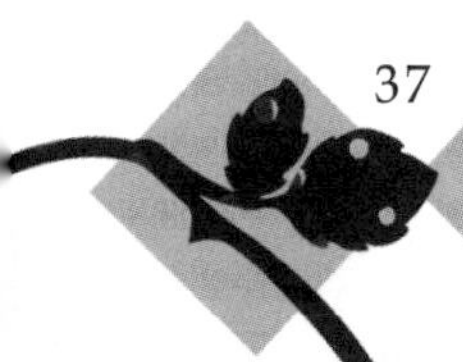

因為圖書館不小，要是真繞著圖書館走上幾圈，好像真的會花掉那麼長的時間。

再說後來疑雁回到圖書館，加入尋找資料的行列時，看不出絲毫異狀。

「小鬼二號有離開？」龍緋煉皺眉，喃喃道：「以時間上來說，足夠跟人談論要事了。」

「緋煉大人，您這話是什麼意思？」

從307號房出來到現在，龍緋煉滿腦子都是要怎麼把疑雁這個大麻煩給解決掉。以這位大人如此堅定的殺心來判斷，事情沒有表面上的簡單。

龍月曉得，知情者唯有龍緋煉和暮朔，不會有龍夜。

自己知道的也不多，說不定不被允許知道更多，才會被暮朔打發出來。

不管疑雁到底牽扯了多麼嚴重的事，導致暮朔跟緋煉大人之間出現分歧，那都不是他能介入的事，他如今能做的，僅僅是注意好龍夜，以免他受到傷害。

可是，龍夜的心很軟，和疑雁認識了不短的一段時間，恐怕只要暮朔開口，龍夜就會被說服，跟著認為疑雁不該死，而想幫著找出疑雁。

這樣一來，龍夜說不定會遭遇危險，因為他不會配合自己的監視與保護。

所以暮朔要他去追緋煉大人時，他沒有任何疑問的追上也是這個原因，他想要知道這位大人殺人的理由到底是什麼。

先前聽緋煉大人說過，暮朔的時間不多了，在這個節骨眼，緋煉大人不可能會因為這件事與暮朔鬧翻，因為暮朔絕對會私自行動，而一旦遇到什麼緊急狀況，無法即時處理可就慘了。

或許是龍月心裡最後一句話，打動了龍緋煉，他不再隱瞞的拋出原因。

「銀狼族知道龍夜的祕密。」

龍月對於這句話，自動腦內翻譯——暮朔的祕密被銀狼族的人發現了。

「一體雙魂？」

「嗯。」龍緋煉應聲點頭。

龍月皺眉，暮朔的祕密被別族的人發現了？

先前他與龍夜相識，知道龍夜的一體雙魂祕密時，暮朔就威脅過他，如果他敢說出去，天涯海角一定會追殺到底。

那次被暮朔來個「性命威脅」之後，龍月就不敢再問有關於暮朔與龍夜的事，直到最近被龍緋煉抓去私下聊天，才知道一體雙魂是人為的，而且事關暮朔的存亡危機。

但他想不出「一體雙魂」有什麼特殊意義，使得暮朔當初會威脅他，而龍緋煉又為了這個理由決定宰掉疑雁。

「差點忘記你住在山裡。」龍緋煉特意看了龍月一眼。

「……您這是歧視嗎？」龍月語氣有些不善。就算他從小過著被族人軟禁的山中生活，但他還是有外出歷練，該有的知識還是有。

「不該知道的還是別問的好。」龍緋煉難得解釋的刻意提醒，「就因為你『不知道』，暮朔才覺得讓你『知道』也沒關係。」

龍月扭頭，不再去看眼前這位性格惡劣的大人。

他垂下眼簾，仔細思考，暮朔到底有什麼祕密是不能夠讓人知道？

一體雙魂被人發現，頂多是知道龍夜的身體裡還有一個靈魂，除非，暮朔還「活著」的這件事不能夠被人發現。

龍月想起一個傳揚很久的謠傳，那是他在歷練時，指導者與他聊天時說起的。

——聽說龍族裡出現一名賢者繼承人，可惜那位傳聞中的繼承人已經死了，也聽說繼承人之死，讓那一家的人無心栽培小孩，使得那一家的么子變成一個廢人。

龍月拼拼湊湊的想到這裡，表情驚悚的抬起頭，話還沒說出。

龍緋煉搶白道：「聯想到了就別說，不然，下一回死的人就是你。」

冷漠的話語，以及那若有似無的殺氣，讓龍月感覺背脊一陣發涼。

龍月「咕嚕」一聲，用力嚥下哽住喉嚨的唾沫，那宛如實質的殺氣好駭人。

「我知道了，夜我會負責看好，只是他去護衛隊工作的話，我會沒辦法跟隨。」

雖然龍月對風．格里亞這個人了解不深，但可以從龍夜這幾天的工作狀態和跟他聊天的內容中得知，格里亞對護衛隊紀律非常嚴格，雖然他本人看起來不像是這樣的人。

「你可以放心。」龍緋煉輕呼口氣，「他會讓你跟過去的。」

「您確定？」龍月很懷疑。

「肯定。我已經通知他了，他會隨便安排你一份工作。」

龍緋煉適才聯繫過格里亞，告訴他龍夜和暮朔的可能打算，他有派龍月監視龍夜，但格里亞也需要對龍夜的動態多加注意，更別提還有暮朔的。

當然，龍緋煉能猜到格里亞會拒絕，他還刻意地扔下一段話。

——你的隊員把龍夜當成監視你的好助手，那龍月在跟著龍夜的這段期間，他會是幫助你擺脫「小助手」的最佳推手。

這話一拋出，格里亞立刻答應龍緋煉的要求。

只要能夠暫時擺脫小助手，要誰協助加入，他都沒問題。

「你可以回去了，龍夜他們要出來了。」

說完，龍緋煉起身，拍了拍衣服，把龍月留在乘涼區，自行離開。

chapter 02 拿取情報

「嘖，居然給我鬧出這樣的事情來。」

學院護衛隊隊長風．格里亞在雲華館私人研究室內，發出苦惱的嘆息。他雙眼緊盯著研究室的桌面，上面滿滿的堆放著屬於護衛隊的任務資料。

俗話說得好，一波未平，一波又起。

商會鬧出的事件尚未處理完，又多出一件「內部」新問題。

這種內部問題其實與他無關，那是龍夜他們的事，他這個「外人」聽聽就好，不需要插手。

所以這三天下來，他頂多是找龍緋煉問問狀況，讓他們這些人自行處理，沒想到，他在研究室整理護衛隊的任務資料到一半，就接到龍緋煉傳來的訊息。

不接還好，一接就發現事情嚴重了。

龍緋煉這傢伙居然要他監視龍夜和暮朔，讓他們不要接近銀狼族小鬼，而且還從他傳來的訊息裡感覺到濃濃的殺意。

好吧，他很了解這個人，一旦做出決定就不會更改，雖然他知道龍緋煉對疑雁動了殺念，但因為有暮朔在，疑雁是暮朔保下來的，格里亞認為龍緋煉不可能會與暮朔翻臉，執意要處理掉他。

沒想到，龍緋煉居然這麼的堅決，依照當時他們遇見銀狼族人的狀況判斷，估計這次不只一個銀狼族小鬼，可能是整個水世界的銀狼族都會遭殃。

如果真是這樣，就不是「糟糕」兩個字可以形容的。

格里亞沒有忘記，當時那位身為影會暗殺者之首的銀狼族人，提到了銀狼族的族長。

這表示不止水世界，連遠在聖域的銀狼族族長都知道疑雁就在水世界，而且是與龍夜等人一起行動，一旦疑雁在水世界出事，可不是一句「不知道」就可以解決的。

「頭痛死了。」

格里亞低喃，煩躁地打開摺扇，用力搧風。

既然龍緋煉想要那隻銀狼族小鬼的命，當初在聖域的時候何必因為暮朔而放過疑雁？直接在聖域處理掉這日後可能出現的大麻煩，現在哪會弄成這樣。

暮朔的祕密可能曝光的事暫且擱置一旁，重點在於，已經有「目擊者」知道龍夜他們這一行人裡有疑雁這個人。

就算他們起內鬨，把疑雁做掉好了，從水世界之人的觀點來看，或許是沒什麼大不了的事情，但從非水世界，屬於聖域居民那邊來看，這意思就完全不一樣。

「龍族緋炎族族長殺掉銀狼族的少主」這樣的傳言傳入聖域，那還得了！不不不，很有可能還會多傳一則「水世界的銀狼族全滅，兇手正是龍緋煉」。

一旦讓龍緋煉得逞，到時他們回到聖域，一定會是更加麻煩的局面。

銀狼族對上龍族……

格里亞不管怎麼想，事情到最後，絕對會變成這樣的結果。

因為，龍緋煉無法給銀狼族一個信服的理由。

誰叫暮朔的事本來就無法聲張，龍緋煉也無法自打嘴巴的說出真正原因，如此一來，就會演變成是龍緋煉的無故濫殺。

不單單是全龍族遭殃，還有可能讓整個聖域局勢因此被拖垮。

到時就算賢者回歸，面對這般局勢也無法插手，最後不論是幫助龍族還是銀狼族，不被協助的一方肯定會認為賢者偏心出錯。

格里亞收起摺扇，他這次必須要對不起龍緋煉了。

面對這一面倒的局勢，他決定幫助銀狼族逃過這一場劫難。

畢竟，就算龍緋煉是朋友，但自己的一切事務皆是建立在聖域的秩序之上，他是屬於賢者無領地界的人，不可以坐視這種事情在眼前發生。

況且，身為繼承人的暮朔都覺得不妥而選擇翻臉了，他要是跑去幫助龍緋煉，以後一定會被暮朔給欺凌到死……

有可能的話，賢者回到聖域後，也會因為這件事而痛毆他一頓。

格里亞默默闔上摺扇，既然決定好了，得偷偷放出情報給龍夜，讓他們順利找出疑雁。

再來的話……

格里亞把目光放置到研究室桌上的文件，抬起手，將其中一份文件抽起，持文件的手一翻，文件驀地消失。

格里亞微微聳肩，像沒事人一樣，走出了研究室。

楓林學院雲華館外，正打算去找自家隊長的學院護衛隊副隊長席多．隆，才剛到雲華館外圍，就看到格里亞從裡面走了出來。

席多見狀，趕緊邁步向前，一邊跑，一邊大喊：「風，我找你。」

只是這一喊，沒有引起對方的注意，反而讓格里亞加快了速度移動。

認為自己被隊長漠視，席多煩躁地耙了耙黑色短髮。

看來他們的隊長大人又想要拋棄護衛隊的工作，去別的鬼地方摸魚。

這怎麼可以！

席多立刻拔腿就跑，追了過去。

「風你別跑，我說我要找你呀呀呀——」

伴隨著吼聲，席多還抽出腰間的劍，作勢朝格里亞劈去。

開什麼玩笑，人都在眼前了，如果真讓格里亞跑掉，他的名字也該改了。

正認真思考什麼的格里亞，忽然聽到劈面而來的破空聲，想也不想，拿出摺扇朝攻擊襲來的方向用力搧出風壓，強行偏移對方的攻擊軌道。

「怎麼了？」格里亞眉頭一擰，斜眼瞄著揮劍阻止他離開的隊員。

要不是覺得對方的攻擊很熟悉，他肯定會追加幾下狠手，趁機發洩一下鬱悶的心情。

席多發現格里亞心情不好，原本想和往常一樣打鬧自家隊長的想法硬生生地收起，一派認真且嚴肅的道：「我有事找你，隊長，是正事。」

格里亞不想理會的直接否決，「有什麼事晚點再說，我先去處理一點事情。」

「是重要的事嗎？急著去做？」席多回想格里亞那走的跟跑的沒啥兩樣的移動速度，心想最近有什麼事情會讓隊長露出嚴肅神情不說，還一反常態的想要立刻處理。

「你覺得呢？」格里亞將摺扇闔上，認為席多在說蠢話。

「需不需要我幫忙？」席多想了一下，上次的商會任務已經處理完了，他目前處於無事一身輕的狀態，不介意幫隊長分擔工作。

「你很閒？」

「還好啦！」席多嘿嘿笑道。

「時間很晚，你該回房休息了吧？」格里亞瞇起雙眼，話聲淡淡。

「護衛隊的工作不分晝夜，不是嗎？既然隊長你還在工作，我們這些隊員回舍睡覺，會不會太過分了？」席多平常說話是不經大腦，常常氣死人，但該認真的時候還是會認真。

「不會。」格里亞笑著反駁。

「欸，風，你笑得很詭異。」席多有話直說。

陰謀，這絕對有陰謀。

席多眨了眨眼，眼神上下移動，打量格里亞，偏偏他無法從格里亞身上看出端倪。

「你想太多了。」格里亞賞了席多一記白眼，揮扇輕輕朝席多的頭打去。

「隊長。」席多無奈的連忙閃避，「你到底要處理什麼緊急事情，需要晚上溜出去？你當隊員們都是死人呀！不會分一點工作出來給我們嗎？」

「好吧，既然你說了，那你去找涅可洛可。」

隊員既然自願幫忙，格里亞就不客氣了。

席多聞言，反射性拒絕，「我不去。隊長，你想幹嘛？你要我找涅可洛可做啥？別以為把涅可洛可搬出來，就可以甩掉我。」

「什麼甩不甩掉的，你別想太多。」格里亞拿出銀白色的摺扇，嘩地打開，「你不是說要幫忙？那你就去找涅可洛可。」

「我幹嘛去找他？」席多大喊。他今天可是花了一整天的時間，才把涅可洛可甩掉，現在要他去找涅可洛可，不就白忙一場？

一想到去找涅可洛可，會被教訓一頓，他就全身發冷。

「風，你行行好，你把你的工作分出來給我。找涅可洛可……免談。」

「怎麼，你又甩掉他了？」

格里亞了解他這兩名副隊長，估計席多一大早又說了什麼無腦發言，讓涅可洛可受不了，制止他的發言，席多不想被涅可洛可管，就找理由脫身。

果然，格里亞話一出，就看到席多將臉別開，假裝沒有聽到。

「席多，涅可洛可那邊的事很重要，已經過了一段時間，我們也該處理一下。」

最後那句話，他說得異常小聲。格里亞用扇身半遮住臉，瞇起黑色雙眸，發出危險的聲調。

「好啦、好啦，我知道了，隊長。」席多嘆氣聳肩，說道：「隊長你忙完要記得找我們。」

一想到要回頭找涅可洛可，席多就露出一張苦瓜臉，滿腹委屈地看著格里亞。

「嗯，快去。」格里亞對著席多揮了揮扇子，催促他離開。

席多原本還想多說幾句，看格里亞催促得緊，難得識相的轉身走人。

等到確定席多走遠，格里亞才轉身，繼續趕他的路。不過，才走不到幾步，就遠遠看到兩抹熟悉的身影——是龍夜和龍月。

巧遇比專程去找，效果更好！

格里亞衡量了雙方距離後，刻意緩下腳步，用散步的方式移動。

接著，格里亞內心倒數，三、二、一……

「格里亞先生。」

倒數完畢，他聽到了龍夜的叫喚聲。

格里亞停在原地，等待對面的龍夜快跑到自己眼前。

「小助手，我應該說過，今天要到雲華館處理事情，那不是你能接觸的工作，除非是我找你，否則不要來找我。」

格里亞見到龍夜，劈頭第一句話就是責罵，接著他側過頭看向龍月，「還有，你是叫龍月吧？你跟著一起來，是有什麼事？」

格里亞習慣性的露出笑容，但說話的口氣卻讓人感覺不出善意。

此話一出，龍月忍不住皺眉。

緋煉大人不是通知過了？他為什麼會說出這樣的話？

「格里亞先生，您是有說過，只是我想就算是幫著跑腿、收拾、打掃什麼的，還是可以幫上忙，所以就來雲華館找您看看……然後，月是我離開宿舍時遇到的，他只是陪我而已，沒有其他意思啦！」龍夜低著頭回答，十足十像做錯事的小孩。

沒錯，格里亞今天有事情，不給他跟，這也是他會在宿舍房間無聊看書的主因。

沒想到一看看到晚上，都看到格里亞先生工作做完了才來。

龍夜忽然有點心虛，自己找的理由實在太假了吧？

都是暮朔的錯，明明就說過了，今天他不可以冒昧打擾格里亞。但暮朔強逼著他來，而過來的下場，果然是被格里亞責罵。

——啊啊，死暮朔，我該不會給了格里亞先生壞印象吧？

龍夜頭痛了。

虧他好不容易沒有礙手礙腳，順利工作到讓格里亞願意誇獎他呢！

『嘛，小鬼你別緊張。』暮朔悠閒地說。

格里亞不是這麼小心眼的人，他會這麼說一定有別的原因。

比如需要佔據上風才好談判之類的，通常格里亞這麼做，代表意有所圖？

暮朔到此抓住了格里亞的把柄，開始對於能套問出情報商人的事有信心。

龍夜聽到暮朔的勸說，內心只能長嘆，哥哥大人難道不怕對方火大，等等會問不出結果嗎？

「想要幫忙？現在這個時間，你應該回房睡覺才對。撇開這點不談，既然你想要協助，何必讓你的朋友跟上，小孩子嗎？一個人走不了夜路？你是不是忘了，我的工作很重要，而他並不是護衛隊的人，跟著你來找我，不止是你，連他都會被我記上黑名單。」

格里亞毫不客氣的給了龍夜和龍月黑臉看，似乎越說越不滿。

龍夜繼續維持低頭的姿勢，斜眼偷瞄龍月，看看他會怎麼回答。

「你的話說對一半。」龍月聳肩道：「除了怕他晚上出事，我也擔心時間這麼晚了，如果夜找你，真的分到工作，有人幫忙的話就不會拖太久，不用延誤到休息時間。」

「我指派出去的工作，閒雜人等不可以插手，尤其你不是護衛隊成員。」格里亞雙手環起，質疑的打量龍月，「你很無聊？」

「算是吧，所以就來陪夜找你。」

龍月主要目的是監視龍夜，臨時想不出好理由來，便順著格里亞的話回答。

「哦？小助手，你朋友人不錯呀！」格里亞半瞇著雙眼，說著羨慕的話，然後話鋒一轉，「這樣的話，你應該不介意幫小助手分擔工作了？」

「嗯，這麼說也沒錯。」龍月想了想，點頭。

他誤以為緋煉大人先前在氣頭上，發訊息通知時可能用了不太友善的語詞，導致格里亞前面那麼不配合，等到在言語上發洩了不滿後，這時候才準備替他「鋪路」，好讓他往後可以名正言順的跟龍夜同行。

「好。」格里亞從懷中拿出一顆透明圓球拋給龍月，「拿這個鑰匙到雲華館大廳，它會帶你到我的研究室，既然你說要幫忙，就幫我分類裡面的資料。」

說完，他扔下龍月，伸手拖走龍夜。

「格、格里亞先生？」

被抓住手的龍夜錯愣了，他回過頭，看著呆愣在原地的龍月，為什麼他有一種會被拖去賣掉的錯覺？自己跑來找人是不是送羊入虎口？來錯了？

「等等！」龍月握緊圓球，想要追上來。

「接了工作不做完，後果很嚴重的。」格里亞一本正經的回頭恐嚇。

「月……」龍夜才想說點什麼。

格里亞的扇子一搧，一道風旋捲著他們兩個，呼的一聲就消失到了遠方天際。

好一會兒之後，確定離開的距離夠遠，格里亞才收起扇子，讓兩人著地。

龍夜暈頭轉向的原地打轉一會兒後，不忘抱怨，「格里亞先生，您這樣太霸道了。」

「什麼霸道？這是乾脆俐落。再說，小助手，是他自己說要幫你的，你擔心他做什麼？」

「可是，是我說要幫格里亞先生……」

「沒什麼好可是的。」格里亞伸手抓人，繼續拖著人往前走。

「你現在有兩個選擇，一是回去雲華館跟你朋友拿回鑰匙，你自己整理裡面的資料，而他不可以幫忙、不能進去，只能在館外等待；二是讓你朋友『幫你工作』，讓他在研究室整理資料，而你就跟我出去，幫我處理另外一件任務。小助手，你要選擇哪一個？」

格里亞刻意停下腳步，轉過身，嚴肅的看著龍夜。

「我、我選……」

龍夜猶豫了，格里亞先生今天超認真的，任務很重要吧？

一般情況下，可以跟去做任務，龍夜絕對會點頭的，尤其格里亞先生一副事情很嚴重的樣子，說不定就是今天，他能從旁觀摩到格里亞先生治療靈魂的祕技！

只是，要他拋棄龍月，讓龍月獨自待在雲華館整理資料，他做不到。

『死小鬼，不要猶豫了，給我選二！』暮朔大聲地喊，逼龍夜選第二條路。

「我、我選二。」龍夜礙於暮朔脅迫，只好這樣回答。

『喂，你也太不情願了吧？』

暮朔差點吐血，格里亞在幫忙他們呀！難道他看不出來嗎？

之前被龍緋煉警告過不能夠幫忙龍夜的龍月，會突然想跟著龍夜做事，可以由此猜想到，龍月鐵定是被龍緋煉反說服，決定要幫忙監視龍夜的一舉一動。

格里亞不像龍緋煉會讀心，可以解決掉「通訊」的麻煩。而且，龍夜還醒著，面對龍夜還在的當下，他也不方便聯繫格里亞。

面對龍月這名刻意送來的麻煩，讓暮朔很頭痛。

只是暮朔沒想到，格里亞居然會製造這樣的好機會，讓他們擺脫龍月。

——不情願是正常的，我覺得我好像把月推進火坑。

龍夜悲憤地在內心大喊。

『火坑又怎樣？是他自己說要幫忙，你就讓他幫。』

龍夜說不過暮朔，而且此行目的是要跟格里亞探問情報販子，雖然放任龍月一人處理事情很對不起他，也只能請他多多擔待。

話說回來，他根本沒有勇氣違逆哥哥大人的要求。

暮朔聽著龍夜的心聲，雖然龍夜進步了不少，但優柔寡斷的個性沒變，這讓他很困擾。

『嘖，讓我出來，你給我去睡覺。』暮朔決定前面這部分自己來。

人命關天啊，再讓龍夜這樣拖下去，說不定疑雁的屍體都擺到他面前來了。

啥？

龍夜愣住，暮朔在說什麼，他有沒有聽錯？

『現在是晚上，小鬼。』暮朔再追加幾句，『你別忘了接下來要讓格里亞吐出情報，這個工作馬虎不得。等我把情報拿完，我會「溫柔」的叫你起床，你不用擔心。』

這……應該不用吧？

龍夜替自己捏了把冷汗。

溫柔？暮朔沒有對他又打又踹，他就要謝天謝地了。

『要求真低呀，不是又打又踹就行？』暮朔刻意的問。

「……」

龍夜沒膽子回答，只好施展一秒就倒的睡眠神技，讓暮朔出來，同時在他進入睡眠前，暗自替自己祈禱，希望他醒來後，不會出現什麼他搞不懂的狀況。

格里亞古怪的看著龍夜變臉般的又喜又怒、又抱怨又期盼。

大概是被暮朔欺負中？格里亞不敢打擾的等了一會兒，直到龍夜表情穩定為止。

「你確定選二？」格里亞逮著機會發問了。

「嗯，不然呢？讓月那傢伙形影不離的跟著我？」

這話一出，格里亞頓了一下，發現不對的挑眉道：「怎麼，對你家弟弟的朋友不滿，也沒必要對我說吧？工作歸工作，不可以把私人情緒帶入。」

「嘛，所以，你現在是要處理私事還是公事？」

「需要拐著彎說我嗎？我現在是夾心餅乾，不管得罪哪方，倒楣的人都是我呢！暮朔。」格里亞斜著眼，注視跟在他身後的銀髮少年。

「呦，你發現的真快。」暮朔微微笑了。

「我和你認識幾年了，你以前常扮成你弟嚇我，我又怎麼可能會認不出來？」格里亞橫了暮朔一眼，沒好氣的搖搖頭。

龍夜和暮朔這兩人之中，他只能出現在暮朔面前，因為他是屬於暮朔的交友圈，不屬

於龍夜，而他一開始無法順利拿捏暮朔與龍夜交換的差異，以及掌握微妙一瞬的氣息變化，結果就是一天到晚都被暮朔耍著玩。

每次都在他想把龍夜打昏或者是立刻跑走時，暮朔才大笑著說他又被整了……

那一段時間，可說是辛酸血淚史。格里亞用含恨的目光瞪人。

「哎呀，現在可沒那個心情鬧你。」暮朔輕鬆地說。

「這樣最好，我也沒有多餘的精力陪你玩。」

「呵呵，知道啦，你現在是要幫我吧？」暮朔淺笑道：「既然是幫我的，我就不會讓你被緋煉欺負啦！」

「你跟他都鬧翻了，他哪會因為你而對我多加留手。」格里亞瞪了暮朔一眼，埋怨道：「都是你，護衛隊的規定都快要破壞光了。」

他要不是想幫助龍夜擺脫龍月，才不會讓龍月進入自己的私人研究室。

「請問一下，那裡有什麼資料會讓龍月整理很久，沒有閒暇監視我？」暮朔笑嘻嘻的問道。

「光明教會。」格里亞翻了翻白眼，做出吐血的動作，「剛好，趁這機會讓他看個夠，最好把記入腦中的教會資料全部告訴緋煉，讓緋煉獨自去找光明教會的麻煩。」

這樣就能一舉兩得，不論是龍緋煉還是光明教會，都可以一起處理完。

「雖然是很好的計畫，可惜，現在他想要對付的是疑雁小鬼，沒什麼多餘心思去找光明教會麻煩。」暮朔毫不猶豫地潑了格里亞一桶冷水。

「暮朔，你一定要這樣打擊我嗎？」

格里亞頓時無語，難道暮朔不能多說一點好話，給他希望？

暮朔賊笑，他可不是善男信女，會幫人打氣，落井下石是他的強項。

「嘛，除非那個什麼元素聖物的情報有包含在你要給龍月看的資料裡面，或許這項情報可以轉移緋煉的注意力，但只是或許，我不確定。」

暮朔並沒有把握，當時龍緋煉對元素聖物很好奇，現在就說不定了。

還是要看他對疑雁的執著，是否會高於元素聖物的情報。

暮朔一提到元素聖物，格里亞的臉色微妙地變化了一下，就像是要掩飾轉瞬即逝的變臉，他故意咬牙道：「說到這個，我還沒找你們算帳！元素聖物呢？」

「你去找當事人疑雁小鬼跟龍月。」暮朔馬上將責任歸屬推了出去。

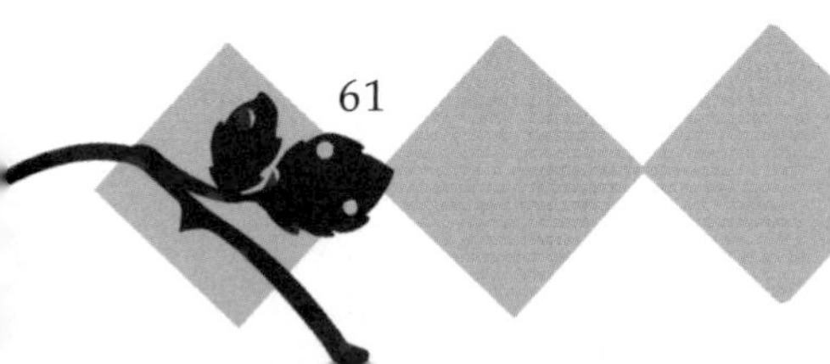

元素聖物的下落他的確不知情，事發地點就在鍊金術師公會裡面，他們逮到了小偷，但元素聖物卻因為當時的混亂失蹤了。

雖然他有想過元素聖物被龍緋煉偷偷帶走，可是他詢問時，龍緋煉卻回答不在他手上。

也因為這個原因，格里亞目前的任務，依舊包括調查元素聖物的下落，畢竟這東西可是關乎水世界局勢的重要物品。

既然這東西這麼重要，自然要將好不容易現世的聖物尋回。

當然，暮朔並不知道，格里亞調查元素聖物的動作只是個幌子，實際上，元素聖物已經被他拿走了，現在正躺在格里亞的收納袋裡，好好的封印保管著。

格里亞冷哼幾聲，佯怒道：「結果你們把找聖物的工作扔給我，又給我鬧出同伴內亂，你是當我閒閒沒事做，可以天天關注你們？話說在前頭，雖然我照『慣例』會不定時給你們光明教會的情報，但過不了多久，我就無法用這個藉口找你們，到時候沒事別叫我，不然會引人注意！」

「嘛，別生氣。」暮朔抬手上下擺動，像在替人搧風，「如果疑雁小鬼的同伴沒有洩底，讓緋煉讀出他們知道我的事情，現在大家也沒必要為了這件事煩心。還有，夜是你的小助手，就算其他人不能找你，夜還是要到護衛隊報到。」

暮朔雙手一攤，做出可惜的動作。

格里亞的算盤算不到他身上，就算沒有所謂的「報告」，龍夜這小助手身分可是與格里亞綁在一起，想扔也扔不掉。

「你！」格里亞哽著一口氣，他最想做的就是丟掉龍夜那個小助手。

「沒可能的事就不要妄想了，說正事、說正事。」暮朔催促。

「……說到銀狼族，我想問問你這個『護弟心切』的蠢人，有事沒事的，為什麼要問那個問題，讓銀狼族的人透露出那道致命訊息？」

沒錯，只要暮朔沒有問影會首領那個蠢問題就好了。

就因為那道問題，才會演變成這樣的結果。

「這是失誤。」暮朔的耳根子有些發紅，搔了搔臉頰。

「寵弟弟不是這樣寵的，他又不知道。」格里亞抱怨的賞了暮朔一記眼刀。

「這樣也好。」暮朔認真地說：「剛好可以知道銀狼族那邊的動態。」

「小心一點。」格里亞叮嚀道：「當初殺你的人，有可能是銀狼族的。」

「龍族的不也一樣？當初傳出我的死訊，龍族有多少人在暗中慶祝？」

說到這裡，暮朔不禁嗤笑了一聲。

這也是一體雙魂之所以沒有公開，全龍族僅有父親和當時實行計畫的人才知曉的原因。

「夠了，我不想談這個話題。」格里亞皺眉，用扇子打了一下暮朔的頭，「其實我不相信銀狼族。」他還是說了。

「不相信還要幫助他們，你哪時這麼喜歡自虐？」暮朔玩味的調侃。

「沒辦法，因為這件事鬧到最後會演變成聖域的兩族戰爭。」格里亞頭痛道：「暮朔你記得要提醒我，等這件事解決完，我要把知道此事的銀狼族人找出來。」

「偷記憶？」

「對，我不會還。」格里亞肯定地說。

面對銀狼族這群不確定因素，格里亞打算用自己的方式處理。

「疑雁是我徒弟，不要動他。」暮朔強調著。

格里亞聞言，忍不住甩給暮朔白眼，「我大概曉得緋煉為什麼想要做掉那隻嫩狼了。」

「為什麼？」暮朔挺好奇的。

「你相信他。」格里亞指著暮朔，「這是異常，也是警訊。」

暮朔愣了一下，咀嚼著格里亞所說的話。

異常？

相信疑雁很異常嗎？

「毫無理由的相信，這不像你。」格里亞又說：「就算當時銀狼族小鬼知道你的祕密是意外。可是，他就是知道了，而你不但沒有殺他，還跟他訂下禁言契約……你是瘋了不成？」

不用說格里亞本人，就連龍緋煉應該也很詫異，暮朔居然會用這麼兒戲的方式處理。

「他是銀狼族的少主，殺不得。」暮朔搖搖頭，「我是賢者繼承人，自然知道殺掉他的後果，所以我沒有做錯。」

「騙人。」格里亞立刻糾正。

銀狼族的人是怎樣個性他會不知道？打架這檔事，頂多說出自己是某某族，叫什麼名字，誰會報出自己的背景來壓人的。

就算龍緋煉會讀心，有可能一開始就知道疑雁的身分，卻可能裝作不知道，直接把疑雁當成普通的銀狼族小鬼殺掉，偽裝一下現場外加毀屍滅跡後，雙手拍一拍，輕輕鬆鬆去水世界讓龍夜好好的歷練，還可以慢慢的找賢者。

他非常肯定，暮朔在與疑雁定契約時，絕對不知道疑雁的實際身分。

「風，我不能相信他？」暮朔質疑著。

格里亞抬眉，態度嚴謹的點頭，「連我都不敢相信，你說呢？」

「就算是直覺認定也一樣？」

「直覺？」格里亞心情複雜的品味這兩個字。

「嗯。」暮朔點點頭，「他不能殺。」

「絕對？」

「絕對。」

「鐵定？」格里亞不死心的又問。

「風，你不需要探究我的決心，我非常確定且清醒的知道我要做什麼，總之，疑雁小鬼不能殺，就這樣。」暮朔嘆氣，阻止格里亞接下來可能會說出的話。

對此，格里亞煩躁地揉了揉頭髮。

直覺嗎？好吧，賢者的直覺一向很準，繼承人不會差到哪裡去，往好處想，他要幫助銀狼族的決定是對的，並不是錯誤。

既然從暮朔口中拿到答案，格里亞抬手，打出清脆響指，一紙文件驀地出現。

下瞬間，格里亞將文件塞給了暮朔。

「給你，你自己看著辦。」說完，他轉身走向雲華館。

暮朔低頭看著手中文件，瞇起雙眸仔細看起來。文件上寫著一個斗大的標題：商店區旅店情報商。

這份文件是情報販子的資料。

chapter 03 交涉

銀凱東區的商店區，一家不起眼的小店中。

一名有著褐色短髮的男子手拿水杯，心不在焉的到處張望。

他是光明教會九名大主教之一的米那，之所以出現在這裡，是因為收到祕密情報組織的消息，消息內容很簡短，是要他來這家小店，組織會派人回報與黑暗教會的交涉狀況。

米那收到情報的當下，找了同樣是大主教的哥哥米隆詢問，看要不要一起來聽情報組織報告。

但米隆有許多光明教會的工作要處理，只能米那自己來了，一切也由他自行決定。

米那為了赴約，特地將面貌稍做改變，以免被光明教會的信徒認出，讓他無法順利與情報組織交涉。

只是，他已經從下午等到晚上，卻連一個人影都沒有瞧見。

他在指定的位置坐呀坐的，沒人要來坐他這桌不說，就連進入店內的客人都少得可憐。

在他等待的時間裡，估計算算，打開店門走進來光顧的客人不到十人。

該不會是被耍了？米那內心不斷這麼反問。

畢竟，光明教會的溫和派在現階段的教會而言，算是比較弱勢的派系，黑暗教會如果不願意合作，也是情有可原，不是不能理解。

但是，那個情報組織讓他在這裡枯等半天，實在太過分。

本身就沒多少耐心的米那，內心煩躁到想離開了。

他該不該直接到情報組織的地點，也就是商店區邊緣地區，那一家看似破舊的旅店，去找那邊的主人，向他們抗議呢？

虧他們事先預付「誠意」，卻換來情報組織這樣的對待。

米那開始考慮，要不要通知米隆他的「朋友」可以換一換了，這樣的朋友不要也罷，反正能幹的情報組織又不是就那麼一家。

正當米那決定不再等候，把手中杯子放下，準備離開小店前往旅店時，小店的門開了。米那反射性朝門口望去，從門口進入的人有著一頭黑髮，他身穿黑色的長袍，一踏入店內，目光直接轉移到自己的位置上，停頓下來。

面對男子的目光，米那疑惑地看著周圍，他坐的地方算是小角落，附近沒有其他人。米那再度看向男子；男子對米那微微一笑，緩緩走到他的位置旁。

「抱歉、抱歉，路上出了一點問題，我晚到了。」男子說著親近的發言，直直走來，更在來到桌旁時，用力拍了一下米那的肩膀，一臉抱歉的樣子。

「你不介意我晚到吧？為了表示我的歉意，這次我請。」

說完，男子揚手，朗聲叫喚老闆，隨意點了幾道小菜，讓老闆端上，接著他拉開一張椅子，坐到米那的正前方，與他面對面。

「你是誰？」米那瞪著這個與自己裝熟的人，將雙手手肘靠在桌上，雙手交疊，半張臉靠在手的交疊處，發出細微的嗓音，嚴肅的問。

「我是誰？我還以為他們跟你說了呢！」男子聳肩，一派輕鬆。

「他們沒有跟我說什麼。」米那戒備的回答。

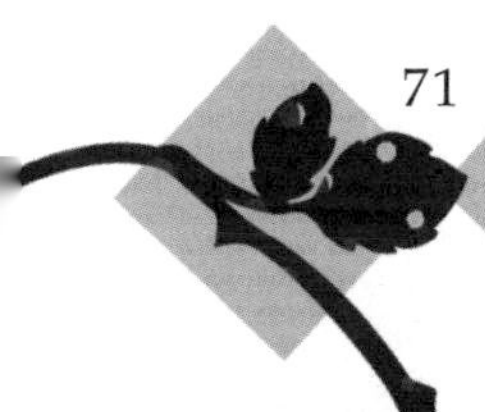

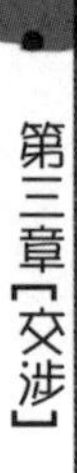

在對方身分未明的狀況下，他考慮要不要直接離開。

「嗯，好吧，我也一樣，他們沒跟我說什麼。」

才一下子而已，男子就推翻適才的話。

這讓米那有些傻眼，這個人太奇怪了。

話到這裡，男子不得不問：「信物？」

米那聞言，從懷中拿出一顆黑褐色的小石頭，放置在桌上。

男子俯身，仔細看了一會兒石頭，接著從黑色衣袍內拿出一樣的黑石。

「亞爾斯諾。」男子報出了自己的名字。

「米那。」米那跟著說出名字，並道出亞爾斯諾的身分：「左右手？」

「嗯，你是九人之一？」

米那也點頭。

他們兩人都是用偽裝面目來赴約，才會不肯定對方是不是自己知道的那個人。

亞爾斯諾靠著椅子，用輕鬆的姿態對米那說：「你應該等很久？」

這話一出，米那的火氣就上來了。

米那揚眉，語氣不善道：「我想想，見面的時間是什麼時候？啊，下午吧？現在是什麼時間了？是晚上。你們很不守時，和人約見面可以遲到這麼久？」

雖然米那對於前來之人不是情報組織而是黑暗教會，感到有些驚訝，但驚訝卻沒有他心中的怒氣大。

光明神在上，他可是煩躁火大到不想再等了。

他是要說黑暗教會的人沒有守時的觀念，還是亞爾斯諾本身是這樣的人？

「請息怒。」亞爾斯諾頗為無奈，「遲到不是我願意的。」

亞爾斯諾面對滿臉怒容的光明教會大主教，他心中也是滿腹委屈。

他又不是黑暗教會的那位笨蛋教王，根本沒有正確的時間觀念，基本上等人的都是他，不會輪到黑暗教王菲亞德。

在他從情報組織那裡得到消息，那邊的人要他下午去指定的地點赴約，那裡會有光明教會的人，他們可以在那邊討論如何合作。

亞爾斯諾是有先到達這家小店沒錯，但情報組織又給了他兩個赴約的條件，讓他猶豫很久。

那個組織可能也清楚條件有問題，卻特地告知亞爾斯諾，如果沒辦法照著他們所給的指示去做，那這個約就不用去赴了。

面對性格詭異的情報商，亞爾斯諾想拒絕這個無理的請求，菲亞德卻要他照著對方的意思去做。當然，亞爾斯諾也可以不理會，自行決定中斷這場交易，只是他很好奇光明教會溫和派會派出什麼人前往指定地點，因此，就算他不怎麼情願，最後還是照著對方的意思去做。

所以當他到指定地點時，就照著情報組織的條件，下午先到指定店面的周圍，注意觀看進出的人，只要有人是下午進入，直到晚上都沒有出來，那麼，那個人就是他要見面的對象，而亞爾斯諾必須要等到就連自己都快等不下去的時候，才可以進入店內。

其實，亞爾斯諾對於情報組織的條件非常有怨言，什麼下午到晚上都沒有出來的人，這些情報組織是很無聊沒事做嗎？一般人哪會注意店家客人的進出狀況。

亞爾斯諾心中有著諸多抱怨，但還是照著對方的指示去做。

好吧，根據他的觀察，真的有情報組織所說的人。

可能是把精力花在那些往來客人的身上，一旦確定了要見面的人，他就沒有多餘的心思讓自己在外吹風等候，便直接走入店內，看看他所認知的對象是否坐在情報組織的指定地點。

當然，進入的結果是現在的狀況。

亞爾斯諾一確定米那就是與他見面的人，便直接拿出情報組織所給予的第二項條件，照著他們所給的內容，照本宣科唸了出來。

到此，話講完了，該解釋的全解釋了。

米那聽完前因後果，真心覺得他兄長的朋友要換了，這個情報組織是耍人為樂嗎？這樣一弄，兩方人馬都不開心、不冷靜，是要怎麼說下去？

「辛苦你了。」米那嘆氣。

「你也是。」同樣，亞爾斯諾苦笑以對，「對於他們的作法，我大概可以理解。」

米那看著小店老板送到桌上的豐盛菜餚，直到對方離開後，才這麼說：「這頓餐點費用，就一人一半吧？」

雖然看著這些菜，他沒有什麼胃口，但要亞爾斯諾付全額，他覺得挺沒天理的。畢竟，點菜這個動作，也是情報組織的要求，亞爾斯諾這頓餐費是被強迫的。

亞爾斯諾拿著筷子，夾了一點菜放在碗裡，輕鬆地說：「嗯，隨便你，其實我沒差。」因為他點餐時，是打定主意要把食物掃光，不分給米那，既然對方願意出一半，他也無所謂。

「憑良心說，那些人挺厲害的。」亞爾斯諾對情報販子的作風是有些抱怨，但還是敬佩道：「如果一開始我沒有那麼做，我們現在也不會坐在這裡說話。」

米那皺眉思考，亞爾斯諾說得沒錯，突然，他覺得情報組織是故意的。

「明明可以不用到公眾地方談的。」米那喃喃道。

「哈，如果我們偷偷摸摸的在陰暗小巷談話，被人抓到就慘囉！」亞爾斯諾笑著說道：「這幾天商店區還是有些不穩，銀凱守備隊在商店區加派的人手沒有收回，我們在這裡談反倒好。」

可能是座位的關係，他只要發出細微的聲音，對方就可以聽清楚，根本不需要用什麼結界來隔絕外界聲音。

米那點頭，只是今天他外出的時間太久，得直接進主題。

「你應該從他們那邊知道我們這裡的意思了吧？」

「嗯，合作沒問題。」亞爾斯諾把玩著手中的筷子，從他的表情看不出任何的變化，「只是，我們不知道你們要怎麼與我們合作。」

雙方都有意願，但合作方法是個問題。

一邊是光明教會，一邊是黑暗教會，即使中間有情報組織交涉，但他們並不能常常見面和通訊，因為這樣會留下線索，一旦被光明教會那群激進派抓到，就是死路一條。

「我們有共同目標。」米那深吸口氣，「元素聖物出現了。」

「嗯，我知道。」亞爾斯諾已經從菲亞德那裡得知元素聖物的消息，剛好光明教會的人就在眼前，可以趁機詢問：「你們那邊情報蒐集的如何？」

米那搖搖頭，「先前得到的消息，得知東西就在商會手上，但之後聖物被竊，就沒有聖物的下落。」

亞爾斯諾皺眉，他們那邊的消息也是這樣，他們雙方都沒有完整的聖物情報，這樣一來，聖物的線索就中斷了。

「不過，我這裡有一個未經證實的情報。」米那拿起水杯，輕啜一口，「你要聽嗎？」

「當然。」亞爾斯諾點頭。

米那勾了勾唇，把情報提供出去，「激進派有與商會聯繫，他們之間有交易，商會想要把聖物交易出去。」

「後來東西被偷了吧？」亞爾斯諾笑著說。

米那點頭，繼續說：「當然，激進派那些人的個性你們也清楚，面對這個即將到手的肥肉卻飛走的現實，他們不會甘願的。」

「所以，商會就倒楣了？」

「嗯，聽說激進派的人下了抹殺令，如果被他們查出，聖物的遺失是商會自己弄出來的，他們就全員遭殃，一個都別想逃。」

「之後聖物不是出現在鍊金術師公會？商會這次逃過一劫了呢！因為聖物就在鍊金術師那裡，他們所保管的聖物是『真的』被偷了，不是假的。」

「所以他們不能找商會麻煩啦！」米那兩手一攤，「不過接著就換激進派那群人煩惱了，因為他們不知道聖物落入誰的手中。商會已經剔除嫌疑，鍊金術師的話，他們那邊有人曾經得手過一次，很難說有沒有人膽子大到敢趁亂出手。」

「意思是鍊金術師那邊機率不大？那麼聖物會不會是被楓林學院的護衛隊拿走？」

亞爾斯諾想到龍夜一行人也被扯入聖物失蹤案裡，他深深覺得，這群人如果不是故意的，就是有嚴重的災難體質，不然這個教會之間的「大事」，他們怎麼會又被捲入？

看來，他要找機會去拜訪龍夜等人，從他們那邊探探元素聖物的情報。

「護衛隊應該沒有拿走，這幾天護衛隊一直在查聖物的行蹤，除非他們是故意的，不然聖物在第三人手中是有可能的。」

「嗯？你怎麼知道護衛隊沒有拿走？」亞爾斯諾抓到重點。

「護衛隊跟激進派對上了。」米那抿了抿唇，只願意透露出這一點消息。

縱使光明教會有把情報掩蓋住，但他是大主教，對於教會內部的事情，還是有知情的權利。

「原來如此。」亞爾斯諾對米那提議道：「目前首重元素聖物的下落吧？學院那邊由我確定，教會那邊有什麼聖物情報再請人通知我。」

米那點頭，「好，就這麼說定了。」

說完，米那起身，留下一半的飯錢放在桌上，就離開這間小店。

亞爾斯諾對米那的背影揮了揮手，看著桌上還沒有吃幾口的飯菜，晃了晃手中的筷子，慢慢地吃了起來。

一間看似破舊的旅店。

此時龍夜手中拿著一份文件，呆呆地站在旅店門口外。

他抓了抓頭髮，不確定的看了看手中的文件，不斷懷疑是這裡嗎？

不久之前，暮朔從格里亞那裡拿到情報販子的資料後，就把他踹醒，要他自己走過去，等到目的地，他再起床，在那之前，都不要叫醒他。

面對不想做完全套工作，把走路的體力活讓給自己的哥哥大人，龍夜只能替自己掬了把辛酸淚。

只是，等龍夜看完文件，直覺反應是揉眼睛，懷疑有沒有看錯。

有人會把首都的情報販子分布寫成一份文件嗎？如果這份文件被有心人拿走，那麼，那些情報販子不就會有危險？

『煩惱對方會有危險，你就要好好保護文件。』暮朔沒良心的說。

龍夜眨了眨眼，他還在想要不要叫暮朔起床，結果人就自己出聲了。

『吵死了。』暮朔打個呵欠，『你一直碎碎唸，要我怎麼睡？只好起床。』

難怪暮朔的口氣這麼不好，原來是被吵醒的。

龍夜縮了縮脖子，對於暮朔恐怖的起床氣，十分惶恐。

『既然到了，就快點進去吧，不要再拖時間，疑雁小命危險。』

「咦，暮朔你說什麼？」龍夜嚇到，怎麼是他進去？他不會應付！

『進去！發什麼呆？』暮朔一面催促，不忘提醒，『對了，那份文件要記得還給那個護衛隊隊長。』

龍夜愣了一下，呆呆看著手中的文件，「什麼？」

不知道他有沒有聽錯，往常暮朔拿到「好東西」，肯定會昧著良心吞掉，怎麼，這次暮朔良心發現，看這份情報像是辛苦蒐集而成，就想要把文件奉還？

暮朔聽著龍夜的心聲，忍住痛毆龍夜一頓的衝動。什麼良心發現！這份文件最多算是挪亞的情報組織分布圖，只要有人真心想要蒐集，並不是難事。

『笨，這份文件的內容是重要，但還沒有到讓我想帶走的價值。』暮朔不賞臉的罵了過去，『原本我打算看完就還給那個隊長，要不是你還沒看過，怕別人問你半句都答不出來，我不用多此一舉讓你拿到目的地，完成任務後，再叫你把東西送還人家。』

這就是多此一舉，一開始先還給對方不就好了？龍夜內心吶喊。

『不然你要聽我講解內容？只怕我還沒說到一半，你就腦袋冒煙，無法運轉了吧？』

「可是……」

『沒什麼可是的。』暮朔語氣不耐地說，『別忘了，疑雁的事情必須快點處理，你在這裡站的越久，時間就浪費的更多。』

「知道了。」龍夜知道暮朔講的有道理，將文件小心收起，深深吸了口氣，目光放到破舊的大門上，抬起手，輕輕敲了門一下。

「叩。」敲門聲響起。

龍夜仔細聽著，裡面沒有傳出有人走近的聲音。

龍夜再抬起手，這一次敲得有點大力，結果還是一樣。

『笨蛋！虧我把文件留給你看，給我看清楚！』暮朔怒吼。

龍夜被吼聲嚇得縮了縮脖子，苦著一張臉拿出收起的文件。

『第二頁。』

暮朔指示，龍夜照著做。

龍夜仔細將第三行讀了數遍，他咳了一聲，像是要掩飾自己的缺失，重新抬起手，這

『第三行寫什麼？』

次敲門的聲音帶著某種規律感。

「叩叩叩、叩叩。」當龍夜敲完最後一聲，大門自動開啟。

龍夜維持敲門的動作，眨了眨眼，看著像是歡迎他進入的破舊旅店，不知道站在原地的腳，該進還是該退。

『快進去。』暮朔低聲催促。

龍夜回過神，趕緊將文件重新收好，邁步進入。

旅店之內，燈光昏暗。

龍夜到處張望，可能是時間快到半夜，旅店的大廳看不到人。龍夜苦惱的抓了抓頭髮，不知道自己該去哪裡、該去找誰。

樓梯口坐著一名老人，老人一直看著他，讓龍夜感到渾身不對勁，對老人微微點頭。

他從老人的穿著推測，應該是店裡的客人。

面對旅店內看不到店長與服務生的狀況，他不應該在半夜的時候過來，這個時間點大多數人都準備去睡，誰會在這時間賣情報。

「我才說要明天問。」龍夜嘟噥著。

當他被暮朔叫醒，回到宿舍房間拿隨身物品，準備離開楓林學院時，他那兩位宿舍管理員室友對他投出詭異的眼神，認為他在晚上外出執行任務是一件非常詭異的事情。

但礙於是學院護衛隊的工作，兩位室友也不阻攔，直接簽准龍夜可以從宿舍離開，到校園外的區域。

只是看這無人的狀況，他應該要先回學院吧？

暮朔在心靈空間裡，注意著龍夜的動態。

他不得不說龍夜不擅長觀察，瞧龍夜在旅店裡看了很久，居然蛛絲馬跡都沒發現，原本他還想用指導的方式，讓龍夜一邊「傳話」，一邊學習與人交涉的手段。

看龍夜這狀況，估計「傳話」到一半，就會被對方壓得死死的，到最後被對方牽著鼻子跑，情報沒問到多少，龍夜就先把自己知道的事情全透露出去。

『夜，你先出去。』暮朔追加指示，『不要說話，直接出去。』

龍夜照著暮朔的指示，轉身走出旅店。

當他一踏出旅店，門自動「砰」的關閉。

「怎麼了？」龍夜對暮朔問道。

『沒什麼。』暮朔無力的嘆氣，『還是我來跟情報組織交涉。』

龍夜愣了一下，怎麼暮朔突然說要自己處理？

『好了，沒什麼突然的，躺平吧，我要出去。』暮朔淡漠的要求。

龍夜聞言，沒有猶豫，馬上點頭，「好。」

他可不希望被暮朔抓入心靈空間，強行打昏。

為了不讓這種慘事發生，他不如快點讓暮朔出來。

「呼，真是的。」暮朔長吁口氣，還是覺得龍夜的一秒就睡，動作很慢。

暮朔打出清脆響指，手中自動浮出幾張文件。

龍夜絕對沒有想到，他拿到的文件是減量過的，有一小部分內容被暮朔給偷偷抽走。

暮朔晃了晃手中的文件，眼神一瞥，瞄了文件幾眼。

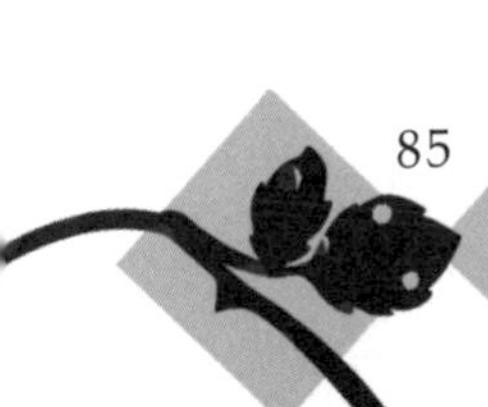

這一份文件有寫明這間情報販子的概略設立時間，還有針對組織的調查結果。

這是一間設置了數百年，有點歷史的情報組織，沒有任何屬於其他世界過路者的跡象，是個土生土長由水世界的人設置的情報組織。

可能是因為這是當地人開的，情報蒐集上非常完善，只要有人敢問，沒有他們不接手、不知情的。

格里亞還有在文件上附註，威森酒店和他所認識的情報商，一對上這間神祕情報組織，後果都是認輸收場。

畢竟他們本身是外來客，在資料的充足性上，比不得當地人。

而聽說這間旅店的現任主人接手組織不到十年，業務成績卻很輝煌，目前還沒有聽過任何委託失敗的案例。

意思是，這是一間成功率百分之百的情報組織。

這也是暮朔會特地挑選這間情報組織，當作購買情報目標的緣由。

而這是龍夜所不知道的部分，他從頭到尾，都以為暮朔選定這間旅店的原因在於，這是光明教會溫和派所委託的組織，也是讓他們的行蹤曝光，害暮朔被祭司重創靈魂的情報組織。

俗話說得好，沒有永遠的敵人。

情報組織本身就是以販賣情報維生，暮朔不會因為受傷的關係，就不找這間情報販子合作。

確定文件內容已經詳讀，全記到腦海裡，他才彈指將文件收回。並不是他對自己的記憶沒信心，而是面對頗有年代的情報組織，需要做足準備。

然後，他重新敲門，門開啟後，往櫃檯的方向走去。

暮朔來到櫃檯前，銀色的眼眸一瞥，發現露在櫃檯外頭的那一抹綠色的頭髮。

如果龍夜有觀察入微，一定可以看到這撮綠毛。

——所以觀察力不足。

暮朔思考，等到這件事結束，要不要把龍夜的物品到處亂藏，讓他自己找尋，順道練練眼力，以免他總是遺漏許多重要的關鍵。

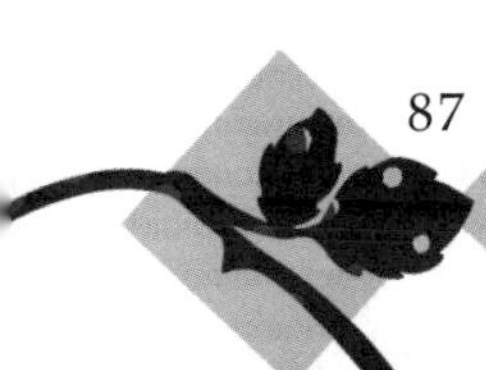

不過，暮朔並沒有打算叫醒櫃檯內的人，他向後退了一步，轉身往樓梯口的方向走去。

「對不起，打擾了。」暮朔勾起微笑，對坐在樓梯口的老人說：「可以幫我一個忙嗎？」

「嗄？什麼？」老人抬起手，放到耳旁，像是聽不太清楚。

暮朔抬手，朝櫃檯點去，「方便打擾那個人嗎？」

老人沒有說話，繼續朝暮朔側身靠去。

暮朔揚眉，對老人疑似刻意做出的動作，沒有放在心上，他彎下身，對老人說：「老人家，你再裝就不像了。」

老人默然的朝暮朔看了一眼，暮朔回了他一個笑容。

「你『坐』得很穩，啊，錯了，你殺氣太重，我會怕，可以請你移開視線嗎？我被你盯得很不自在，看我出去又進來的分上，放過我吧？」

暮朔一氣呵成，流暢說出想說的話。

老人聞言，手放了下來，眉向上挑起，人也站了起來。

「新來的客人，您好。」語落，老人對暮朔微微鞠躬，抬手朝櫃檯方向示意。

暮朔點點頭，轉身往櫃檯的方向走去。

櫃檯內，原本「倒」在地上的人站了起來，他打了一個大大的呵欠，揉了揉微亂的綠髮。青年看著暮朔，發出想睡的模糊聲調：「請問客人，您是要住宿嗎？」

「不。」暮朔笑著回答：「我想要買情報。」

綠髮青年聞言，瞇起黑色雙眸，單手托腮，「小鬼，這裡的情報很貴，怕你買不起。」

「別小看我，或許你出的價錢我付得起。」暮朔指著自己，表情隨意。

「你想要買什麼情報？關於光明教會的？」青年直接道出客人的來歷，「你叫龍夜是吧？光明教會的情報一向很貴，你真的付不起。」

「是嗎？這位先生，你是不是認錯人了？」暮朔聳肩，唇中的笑意變得更濃。

對於這間旅店情報商知道自己的身分他並不意外，他意外的是，龍夜離開楓林學院前，有想到他們是被教會通緝的人，所以不忘用法術偽裝自己的模樣，變成黑髮黑眼、綁著長馬尾的一般學院院生。

面對這副偽裝完美的模樣，居然會被對方認出來，暮朔挺想知道，他們是用什麼判斷。

青年原先是用慵懶的動作靠在櫃檯上，一聽到暮朔裝傻的話，黑色的眼瞳微縮，站穩了身體，打量著暮朔。

「請不要這樣看我，我會害羞。」暮朔毫不害臊地說。

「龍夜，現在是楓林學院的學院護衛隊隊長風．格里亞的護衛隊見習生，主要工作是跟在護衛隊隊長身邊，觀摩學習護衛隊的工作，事實上被護衛隊的其他成員當作『隊長監控人』，利用你來讓這名飄忽不定的神祕隊長不再突然失蹤，以免要找隊長都找不到。」

那是聽不出情緒添加，抑揚頓挫十分清楚的嗓音。

暮朔垂下眼簾，面對神祕情報組織的人，露出少見的嚴肅神情。

當然，他沒有開口的必要，因為這個人的話尚未說完。

「風．格里亞帶你離開學院時，你就是這樣的打扮。我沒有說錯吧？龍夜小助手。」青年調侃的說。

「嗯，沒錯。」暮朔確定裝傻無用，非常爽快的承認身分，「欸，珀因，我覺得我們會談很久呢，有沒有餅乾什麼的可以吃？你別說你只是櫃檯人員的鬼話，你可是這間旅店的主人呢，身為主人的你，應該有東西可以招待客人吧？」

下一秒，暮朔的話就不客氣打了對方的臉。

名為珀因的旅店情報組織首腦，重新觀察眼前的少年。

「嘛，別驚訝，你要靠情報吃飯，我也是呀！」暮朔擺擺手，笑得從容。

要不是珀因信誓旦旦認為他買不起情報，其實暮朔不想這麼早就揭穿看似櫃檯服務生的青年實際身分。

他在聖域的時候，深刻體驗過「所謂情報就是一切」的事實。

就算敵人也好、族人也好，總之雙方不熟，自己又非得要接觸時，一定要把對方的一切全都掌握在手，才不會讓自己吃虧。

暮朔在進入水世界時，已經很克制想要挖人老底的衝動，但這次去的地方名字叫做「情報組織」，剛好，他們這團是打著「邊境居民」的假旗幟，實際上是被光明教會通緝的異界之人。

面對對方一定會想要他們情報的當下，暮朔不會讓自己居於下風。

而他從格里亞手中拿到的文件「隱藏版」，幫了他一個大忙。

「珀因」，那是情報組織主人代代相傳的名字，不只名字，主人的特徵每一代都一樣，全是綠髮黑眼。

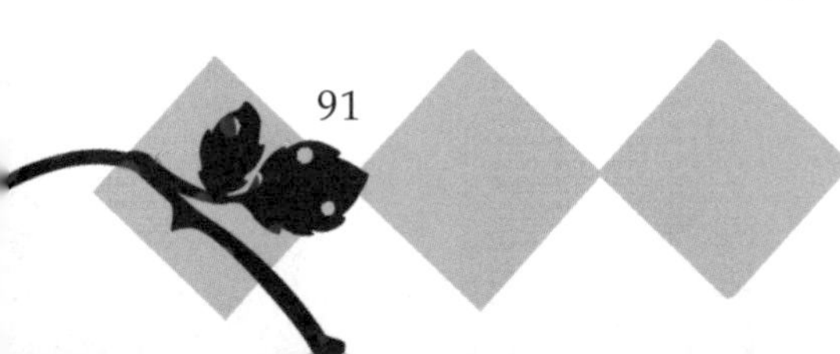

「第一次進入，很不錯。」珀因微微點頭。

「謝謝誇獎。」暮朔乾脆收下對方給的讚賞，「現在你還認為我不能購買情報？」

「你，可以。」珀因神色鄭重的瞇起眼，「但我話說在前頭，不接無聊的情報生意，就算你是客人，我說不要，就不會接受。」

畢竟珀因的組織在水世界裡非常有名，想找他們購買情報的人很多，人一多，委託的品質自然會參差不齊。

因為如此，他只會接熟人和有興趣的情報工作，其他的任務直接剔除，請委託人另尋他家，讓其他情報販子有工作可以做。

對於珀因的話，暮朔微微一笑，「我想要買影會的情報，你們有嗎？」

交易與交換

「您好，這是最新的銀凱日報。免費的日報，歡迎大家索取。」

早晨，商店區一早傳來了喧囂的聲音，一名背上揹著厚重包袱的褐髮少年在人聲鼎沸的大街上穿梭，他手中捧著一疊報紙，一邊移動一邊大喊。

少年俐落的將手中報紙塞入往來行人的手裡，一直叫喊著。

路上一些無聊的行人看到被塞到手中的報紙，習慣性打開來。

上頭大多是一些常見的無聊新聞，讓人們眼睛為之一亮的，是報紙頭版的一篇小報導。

——那是有關於楓林學院的消息。

「啊啊，今天的日報有重要的消息，前些日子商店區發生了一件大事，光明協會的大主教率人攻擊學院院生，驚動守備隊前往關心調查，各位快來看，報紙發完就沒有了。」

真是新奇的消息，神聖的光明教會居然會找楓林學院的麻煩？

這讓一些原本不想拿報紙的路人，都好奇的向少年索取報紙。

不到幾分鐘，少年的報紙被搶光，他吹著口哨，拎著空包袱，走向商店區的邊緣地帶。

「啊，糟糕。」

少年輕鬆甩著空包袱，抬起頭，朝某一個定點望去，隨即拋下包袱，快步奔跑。

他可以感覺到身後大約有三人在緊追不放，連忙跑入小巷弄，故意翻倒擱置在巷內的廢棄物品充當障礙物，才繼續往前衝。

大約跑了不短的時間，少年覺得差不多了，從懷中拿出一顆透明晶石，用力一捏，身影瞬間消失。

「該死，居然跑掉了！」

身穿黑色袍裝的跟蹤者發現追蹤的少年消失不見，忿恨的低喊。

他們是光明教會的黑暗獵人，最近幾日都在商店區周圍觀察學院有沒有異動。

三天下來，學院的行動都很正常。沒想到，今天一大早，就看到一名從未見過的發報生在街上派發報紙，而報紙上頭有著不利於光明教會的小報導。

「回收五成。」

其中一名黑暗獵人拿著一疊路上收回的報紙，怨怒的看了報紙幾眼，手鬆開，火苗自動竄出，將那疊散落的報紙燒個精光。

「先把報紙全部回收，再去跟大主教大人報告。」

獵人淡淡對同伴說完，轉身回到街道上，進行回收。

少年打破透明的晶石後，轉眼間，就來到一處樹林深處。

「辛苦了。」

說話的人是一名有著黑色長髮的男子，他手持銀白色摺扇，搧呀搧的。

少年直勾勾注視著男子，向前走了一步，身形變換後，變成一名有著一頭水藍色長髮與瞳色的藍袍男子。

「格里亞隊長。」男子對黑髮男子恭敬的鞠躬。

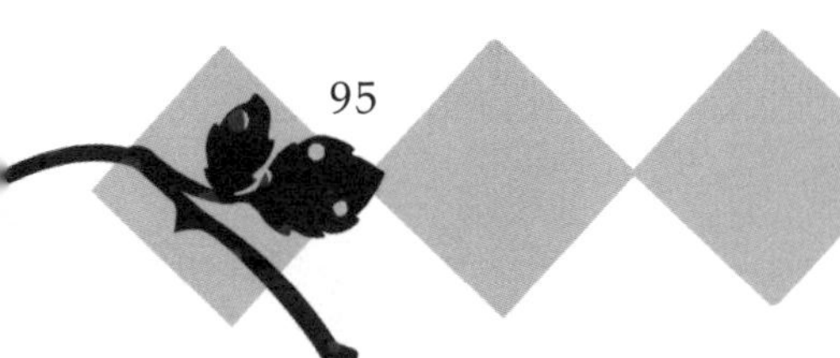

「任務順利吧？涅可洛可。」格里亞對自家隊員很有信心。

「嗯。」涅可洛可點頭，「不過我不知道效果如何。」

「嘛，不論有沒有效果，總是要給光明教會一點事情去做，才不會老是找我們的麻煩。」格里亞哈哈笑著。

「這……」涅可洛可苦笑，他不認為這樣真會讓光明教會忙碌起來。

「颪，你這是什麼意思？」遠處傳來一陣怒吼。

格里亞和涅可洛可順著聲音望去，遠處有一名黑色短髮的男子快步跑來。

「席多，怎麼了？」格里亞還沒開口，涅可洛可先行問道。

「你看看這個！這是什麼東西？」席多手上拿著一份報紙，用力地甩在地上，忿忿指著它。

涅可洛可眨眨眼，低頭望去。那是銀凱日報，而且還是他一大早在商店區發放的報紙。

「隊長？」涅可洛可歪著頭，看著用扇子半遮住臉的護衛隊隊長。

「宿舍房間外都有這一份——不不不，不止宿舍，連休息區、餐廳都看得到。」席多怒不可遏地說：「頭版的小報導是怎麼一回事？颪，這該不會是你搞的鬼？」

席多從涅可洛可那裡聽說過發生在商店區的事情，不管他怎麼想，犯人除了格里亞，沒有其他的人了。

「哎呀，你這麼說就冤枉我了。涅可洛可也有份，你少算了一個。」格里亞嘻笑著，黑色的眼眸移向地上的報紙，「不過我沒有在學院內發放喔，所以你找錯兇手了。」

語落，席多無言看向涅可洛可，涅可洛可點頭附和。

席多絕對不是有意承認，平常都是他做盡蠢事，被涅可洛可打罵教訓，怎麼這回是涅可洛可跟著隊長一起犯蠢？他們兩人居然聯手做這種惹麻煩的事。

「隊長，你是想要與光明教會槓上嗎？」

席多看著地上的報紙，這是看完內容後的最直接反應。

從昨天格里亞「強迫」他去找涅可洛可的事可以知道，格里亞是有計畫的想要對付光明教會。

「不是。」涅可洛可否決這個猜想，「別忘了，元素聖物還沒找到，而且因為我的關係，教會想要對付我們，隊長這麼做，是希望教會沒時間出手。」

「誰會相信報紙的報導？」席多搖了搖手，「這個報導抹黑的成分比較高吧？」

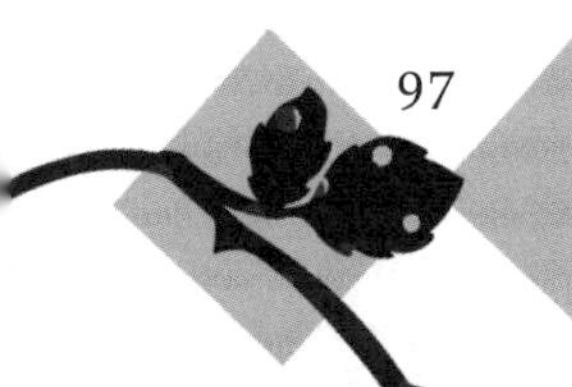

呢？」

「不一定。」格里亞抿唇輕笑，「學院外，或許有人會對這件事存有疑慮，學院內

格里亞目光轉移到涅可洛可身上，涅可洛可感慨了一下，重複一遍清晨印好報紙後，看到印製報紙的院生和部分護衛隊隊員那一臉猶豫的神色，而故意對他們說出的說詞。

「唉，隊長好可憐，這幾天為了這件事到處奔波，各位，你們知道隊長有多辛苦了吧？這樣可以讓我出去發一下報紙嗎？」

「看，就是這樣。」格里亞輕鬆的笑著，一切就是這麼簡單。

謠言的中心就在學院護衛隊，不，這個謠言不是虛假，而是真實的，導致護衛隊隊員們為了辛苦的隊長，偷偷加印了報紙，自動在學院內發放。

這樣一來，只要有人好奇的在學院探問，所得到的結果一定會與報紙的內容一樣。

「嘿嘿，光明教會絕對沒想到我會出這招。」

格里亞賊笑，教會現在很頭痛吧？畢竟學院護衛隊是楓林學院的代表，銀凱裡有不少的大人物以前都有過護衛隊的身分，面對這等「大事」，一定會有人去教會詢問狀況。

這樣一來，包括滅火、對付他們，還要尋找元素聖物，三件事混在一起，光明教會這

次鐵定會忙到翻天，最後一定會決定專心處理第一件事。

畢竟，信徒的問題比較大，處理護衛隊跟找元素聖物可以暫緩。

「別到最後被光明教會反咬一口就好。」席多嘆氣，決定不理會格里亞的作法，以免自己太在意的結果，就是被隊長給氣死。

「不會。」格里亞對這次的行動有信心。

「隊長，既然有了應對光明教會的方案，還要做什麼？」

「做什麼，當然是繼續擾亂光明教會。」格里亞擺擺手，對他的兩名副隊長說：「去偽裝一下，我們到光明教會找麻煩。」

此話一出，席多和涅可洛可都露出詫異的神色。

「我們一起去？」席多錯愕。

「隊長你自己去。」上次的陰影還在涅可洛可的心頭上，潛入之類的工作就暫時讓格里亞自己想辦法了。

格里亞翻了翻白眼，晃了晃摺扇道：「算了，還是讓他們自己送上門來好了。」

光明教會加上光明聖物，而且那裡是光明教會的大本營，格里亞再怎麼想要搗亂，也不會直接跑到未知的地方冒險。

格里亞內心盤算著，目前還是先進行情報操作，讓光明教會專心應對抹黑的事，使其無法分心就好，免得逼急了，真弄出問題來，他可沒時間收拾。

龍緋煉那邊的內鬥問題實在太嚴重，嚴重到他只能把水先攪渾了，讓水世界其他組織不能趁虛而入，其餘的，他現在沒空管。

「風，跟著你的那名見習的呢？」

席多左顧右盼，發現理應要在格里亞身邊轉來轉去的龍夜不在。

「給他工作做了。」格里亞一副解脫了的模樣。

「我記得，見習的最要緊的工作不就是看著你？」席多瞇起黑眸，「怎麼，風你把他給甩了？」

「我沒有。」格里亞重重吐出這三個字，語帶懷恨。

要是真能甩掉龍夜那該多好！可惜，暮朔是百分之百不會答應的。

「不然見習的跑到哪裡去了？」

「去工作。」

「他不在這裡。風你不要騙人，快點把見習的接回來。」席多抬手拍著格里亞的肩膀，語重心長的說：「他的工作態度非常好，像他這種努力向上的非護衛隊成員很少見，風你要好好珍惜。」

格里亞聞言，橫了席多一眼。

自己說的有那麼難以明白嗎？誰說龍夜的工作就一定要跟在他身邊！就不能有其他更要緊、更緊急的事，讓龍夜離開自己身邊去進行的嗎？

呃，龍夜是廢柴了點，基本上他是不敢這麼放權的，好在有暮朔在。

可恨席多這傢伙的腦袋又開始鬼打牆，不把他的話當人話聽進去。

「涅可洛可。」

格里亞手一緊，摺扇發出快要被折斷的哀鳴聲，他對涅可洛可微微一笑，忍住用風刃把席多劈死的衝動，喚著另一名副隊長。

涅可洛可見狀，默默看著席多。

「欸，涅可洛可你怎麼不說話？」渾然不知自家隊長想要殺人的席多，反手指著格里亞，對涅可洛可說：「你不是對那個見習的讚譽有佳？還不快點幫見習的說幾句好話？」

涅可洛可無奈嘆氣，想到幾天前所遇到的「小助手」，他們有過一次的合作經驗，他至今還沒有忘記，他第一次看到有「新人」加入護衛隊短短不到一天，就可以跟上格里亞的動作，也沒有讓隊長發出怨言。

只是他沒想到，才隔了一天，先前遇到的龍夜像是幻影，原本給人精明厲害的印象瞬間大逆轉，變成想要努力向上的愚笨新生，讓涅可洛可難以適應。

後來他每次看見格里亞教訓龍夜，都想抓著龍夜的肩膀狂搖，問他到底發生什麼事。當然，保險起見，他有跟格里亞詢問過，但格里亞沒有回答，僅是對他微微一笑後，又看了看在自己身邊轉悠的其他護衛隊隊員。

涅可洛可從格里亞的動作解讀出，小助手龍夜應該是在偽造自己資質愚笨的假象。畢竟全護衛隊的人都很了解格里亞的性格，知道他們隊長有多麼變態，面對格里亞，大家只有低頭的分，如果在格里亞身旁多出一名可以清楚了解他下一步動作的新人，估計這些人都會想要找新人的麻煩，而不會想到他的加入能替護衛隊省下不少額外的負擔。

——那負擔是隊長失蹤時，找不到人的心理負擔。

所以他之後跟著假裝對龍夜沒興趣，繼續做自己的分內工作，反正他們做事都有自己的考量，不需要替龍夜擔心。

而現在龍夜沒有跟著格里亞，涅可洛可直接腦補了那個「精明幹練」的「龍夜」如同先前的自己那樣，被兇殘的隊長派出去臥底什麼的。

自己失敗過一次，卻不代表這種行動沒有用。所以，要是那個「龍夜」的話，大概能派上用場？

因此，涅可洛可一點都不生氣自家隊長把小助手「弄走」，反而要幫忙隊長攔阻席多。

「隊長不是說了，龍夜有工作正在忙嗎？你就別再打擾隊長。」

「什麼！」席多傻眼，涅可洛可居然幫隊長說好話，天降紅雨了？

「沒聽清楚？我說，龍夜正在工作，你就不要逼隊長把人弄回來。」

涅可洛可將手負在背後，用衣服遮住手，暗中施展魔法，在掌心凝結出一塊冰晶。

「你不懂。」席多搖搖頭，「見習的主要工作就是跟著隊長。」

「你的腦袋是僵固了，聽不懂我的話嗎？」

涅可洛可再不遲疑的甩手，將掌中的冰晶朝席多扔去。

格里亞見涅可洛可動手了，識相的向後退了好幾步。

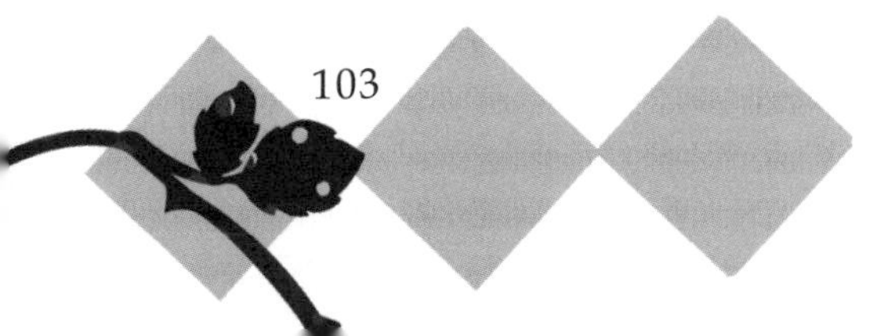

「咦?痛!」冷不防，席多慘遭被冰塊砸頭。

當然，冰塊沒有多硬，砸中的當下就碎成點點冰霜，落了下來。

涅可洛可再拍拍手，席多身上沾染到的冰霜飛快蔓延，在他身上結成一層薄薄的冰晶，從腦袋以下，把他整個人大半凍在了冰塊裡。

「你、你、你，你又來了!」席多慘叫。

每當涅可洛可使出這招，代表他死定了，他的耳朵要受罪了，因為他無法動彈之後，迎來的就是涅可洛可不間斷、漫長、瑣碎、重複的語言攻擊。

「隊長，我先把他帶走了。」

涅可洛可對格里亞微微鞠躬，反手將冰塊席多拖走。

格里亞對涅可洛可揮了揮手，雖然這景象常常看到，但對於手無縛雞之力的魔法師可以將一名武鬥院劍士拖走，他每看一次，都會為之讚嘆。

終於順利擺脫席多，格里亞內心十分欣喜，還好先前涅可洛可所見到的「小助手」是暮朔，所以當他說指派工作給龍夜時，涅可洛可沒有任何的疑問，反而自然的接受事實。

不然，涅可洛可一定會認為他故意想擺脫小助手的魔掌才這麼做。

想到這裡，格里亞微微一笑，涅可洛可絕對沒有想到，這次席多才是正確的。

雖然他給暮朔情報組織的資料，是要讓暮朔方便找出影會地點，才給出分布圖，使其自行洽詢情報組織。但實際上，他是趁機把龍夜這個愛跟著他的超顯眼目標扔出去，確保這幾天的自由。

格里亞伸了伸懶腰，處理完了小助手、趕走了兩名麻煩的副隊長、光明教會那邊暫時告一段落，接著就是全心全意處理疑雁的事。

他心不在焉的揮動銀白色摺扇，影會的隱密聚會地點他快要查出來了，接下來，他差不多該搶在龍緋煉之前，動手處理那些銀狼族人的事。

人來人往的大街上，少人經過的偏僻拐角處。

龍夜看著手中報紙，黑色的眼眸眨呀眨的，一直瞪著頭版不放。

「沒想到格里亞先生會出這招。」龍夜喃喃自語的感嘆。

依然是偽裝狀態的龍夜，讀完頭版後，將報紙收起，用逛街的悠閒態度，離開拐角處，

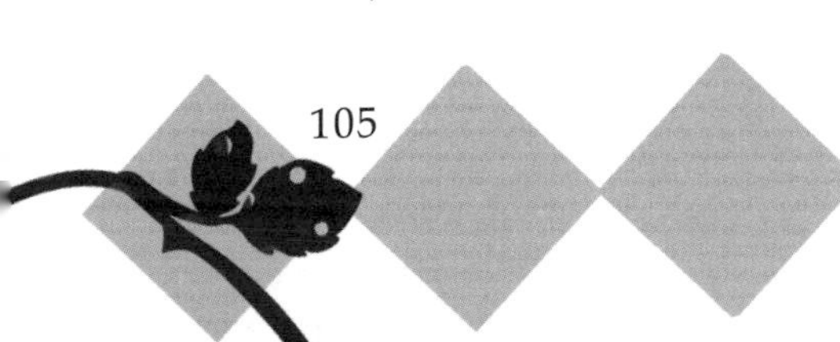

開始在商店區內緩慢行走。

暮朔叫醒他的時候，他才發現時間已經從黑夜轉為白晝。

沒想到，這次的旅店之行居然會耗費這麼多時間。

暮朔在睡覺前，跟他大略說了一下他與對方的交涉狀況，當然，說明時還是會抱怨解釋很浪費時間，像格里亞那樣可以偷取別人的記憶，並放入腦袋裡直接讀出的法術多麼好用。

這讓龍夜認定哥哥大人想睡覺了，想睡到連說話都嫌麻煩，於是就讓暮朔發洩的連番抱怨後，才聽他說明。

結果，暮朔一說出交涉過程，他突然覺得旅店情報商的主人好可憐，被暮朔給坑了。

暮朔想要買影會的情報，珀因有，但他告訴暮朔，影會的情報很貴，價碼比買光明教會的還要貴，如果暮朔付得起，他可以馬上給出情報。

結果，暮朔一聽到價碼，當下就說他不要付錢，因為他認為不值。

當然，珀因對於這種說法，很難不惱怒到想趕人。

龍夜聽到這裡，立刻追問暮朔之後呢？情報有沒有拿到？

只是他一問完，就被暮朔恐嚇，說是下次要把他拉入心靈空間毒打。

暮朔可是比奸商還要奸，就在眼前的「商品」，哪有可能錯過！他並沒有被趕出去，甚至用另外的情報，用以物易物的方式，把影會的情報「買」下來。

——那麼，你想不想知道我怎麼躲過光明教會的靈魂攻擊？

暮朔這話一出，讓珀因的眼睛為之一亮。

這情報他想要呀！

「被光明教會通緝的銀髮少年，可以躲過光明祭司的特殊神術。」

這是在銀凱哄傳的半公開消息，引來不少人的垂涎，這情報夠值錢。

珀因同意了，暮朔卻很清楚，他就算給了珀因答案，影會情報也必定無法抵銷，所以他要求先得到影會的情報。珀因也不是傻子，在討價還價之後，決定先給暮朔一半，等到暮朔把他要「賣」的情報提供完畢，才把剩下的情報交出。

於是，暮朔給了珀因答案，當然，是「官方」版的。

——躲避靈魂攻擊並沒有特別原因，只是一場意外引發的結果。

暮朔說完，不給珀因發作的機會又拋出另一個誘餌。

「傳說中無法製作的『萬靈藥』已經完成，部分的完成藥品在凱爾特家族。」

面對暮朔接連拋出的兩項情報，珀因心中估算了一會兒，終於吐出剩餘的影會情報。

暮朔收到後，直接離開旅店，接著就是龍夜被踹醒，在大街上遊蕩。

「唔，不知道能不能順利找到疑雁？」

龍夜很希望早點把這件事解決，讓疑雁可以回來。

暮朔給他的情報中有提到影會的地點，他正在往那個地點移動。

「嗯？」龍夜對商店區不怎麼熟悉，在到處張望尋路時，看到一抹熟悉的身影，「那不是威森酒店的老闆？」

龍夜瞇起眼，發現他來到威森酒店的周圍區域，剛好看到威森進入酒店。

『糟糕，我忘了。』

猛地，暮朔的聲音不預警傳來。

「怎麼了？」可能是被這急迫的嗓音渲染到，龍夜頓時停下腳步，急切回問。

『一個情報組織能查到，代表其他情報組織頂多多花費些時間，同樣能查到。』

「啊，這樣的話，威森酒店那裡有沒有？如果有，那我們不就白跑了？」龍夜總算知道哥哥大人為什麼突然大叫，疑雁是不是危險了？

『龍緋煉可是連續三天都沒有行動，肯定是在蒐集情報。』暮朔嘆口氣。

「怎麼辦？」龍夜慌亂的追問。

『回去找那個珀因。』

「我去？」

『對。』暮朔肯定的點頭，『他不會發現的，你只要說兩句話，做一個動作。』

「嗄？」龍夜愣住。

暮朔這番話非常莫名其妙，但他還是乖乖照暮朔的意思，走向破舊旅店。

當龍夜用正確的開門方式將門開啟，走入櫃檯，探頭看去，櫃檯裡頭是和暮朔交易完，重新倒回地上呼呼大睡的綠髮青年。

「威森酒店在找影會的據點，你們有辦法打亂他們的情報蒐集吧？」這是第一句話。

「萬靈藥，你想要嗎？我可以給你一部分。」這是第二句話。

然後，龍夜轉身離開破舊旅店，照著暮朔的說法，用力將門甩上。

龍夜快步走出旅店的範圍，他緊張到差點撞到往來的路人，他看著附近，找到一個最偏遠、最少人出入的巷弄，拐個彎，直直走進去。

他一踏入巷內，終於鬆了口氣。

「暮朔你為什麼要我這麼說？」龍夜想不明白。

『激將法、給甜頭，試試看唄。』暮朔不負責任回答，『現在我們是在跟時間拔河，如果這個組織可以打亂威森酒店的步調，斷了緋煉在外的眼線，付出一點萬靈藥很划算。』

「……」龍夜無語。

他沒想到，暮朔對付自己人的狠辣程度跟對付敵人一樣。

龍夜突然認為，還好自己是暮朔的弟弟，不是敵人，現在還有共同的目標，所以暮朔在事情完成前，都不會對他怎樣……應該不會。

『唉呀，這樣一來一往之間，算是有了收穫，偏偏這個收穫讓我想要回去珀因的店，收回剛才的話。』

「為什麼？」龍夜茫然了。

暮朔太善變了，一下子說要、一下子說不要，讓他難以適從。

『喏，你看那邊。』暮朔輕聲道：『是疑雁小鬼。』

龍夜抬起頭，看著前方緩緩走向自己的銀髮少年和尾隨少年的小狼。

難怪暮朔想要收回在珀因那裡的發言，他們只是多拖延點時間，就讓疑雁自動走到他們面前，這樣的收穫像是天上掉下來一個豪華大禮，可是他們居然為了這個，而白費一個誘餌。

「夜師父，好久不見。」疑雁淡淡看了龍夜一眼，微微點頭，又說：「請代我向暮朔師父問好。」

『告訴疑雁小鬼，客套話省下來，找我們有什麼事？』

龍夜聽聞暮朔不善的話語，不知道該如何轉達。

暮朔不是想要幫助疑雁免於落入龍緋煉毒手？這話聽起來像是要跟人動手，沒有任何善意。

「夜師父，暮朔師父生氣了？」疑雁看著龍夜苦著一張臉，歪著頭問。

龍夜用力點頭，真不愧是疑雁，居然會知道哥哥大人在鬧脾氣。

「方便談話嗎？」疑雁詳細的要求著，「就我們三人，可能的話，還要請夜師父您幫忙傳話，告訴我暮朔師父的回答。」

「我、我盡量。」

龍夜嘴角抽搐，他考慮要不要敲昏自己，讓暮朔自己來。但現在是白天，就算他把自己敲昏，暮朔也出不來，他還是當稱職的傳話人員，好好的轉達暮朔的意思，到時候再看狀況決定要不要幫腔。

疑雁看了看四周，勉強夠隱密，但還是加點防備的好。

「夜師父，可以請你做出結界把這裡隔絕起來嗎？」

「喔，好。」

龍夜趕緊拿出黃色符紙，施展法術，將小巷全部封閉起來。

『不錯。』暮朔點點頭，『疑雁小鬼挺有自知之明的。』

「什麼意思？」

『嗯哼，撇開你認識疑雁小鬼這點，想想看，隔絕結界如果是他施展，你會怎麼想？』

「呃，有陰謀？」龍夜抓了抓頭髮，不太確定。

『何止有陰謀，得要懷疑他是不是想要把我們做掉。』暮朔接著又說：『如果是我們施展呢？』

「他逃不掉了的意思？」龍夜這次很肯定答案。

『對。』暮朔贊同這種猜想，『看在疑雁小鬼誠意十足的分上，我們先聽他說。』

龍夜聞言，很想賞暮朔一記眼刀。

他們本來就要聽疑雁的解釋，還什麼誠意十足！

「我知道，我的離開讓你們起了疑慮。」疑雁不浪費時間，馬上開始解釋，「我的同族同伴也不希望我回去找你們。他們怕我一過去，就回不來了。」

龍夜苦笑，那些銀狼族族人是怕疑雁被龍緋煉給宰掉吧？

疑雁輕輕嘆口氣，「我先聲明，我一開始並不知道他們在這裡，這是意外。」

「一開始？」龍夜捕捉到語病。

「嗯。只是在執行萬靈藥任務時，剛好發現他們。」疑雁沒有遲疑的直撲主題，「暮朔師父……我想說，我們對賢者並沒有任何的想法。」

賢者？龍夜愣住，什麼賢者？

這兩個字當初在聖域，要離開族裡準備外出歷練的前一天，他去父親大人的中央殿，遇到在殿外的父親部屬時，好像有聽說過這麼一個人。

疑雁跟那個叫賢者的人有什麼關係？又跟暮朔有什麼牽扯？

龍夜的心中冒出無數個問號，不知道該不該插嘴發問。

『夜，不懂就不要問。』暮朔鄭重的開口制止，嚇了龍夜一跳，『接下來，你就幫忙傳話。』

「好。」龍夜點頭，開始幫暮朔發言。

「對賢者沒有想法？你們能保證？」

那是暮朔的說話口吻，乾脆又俐落，讓溫吞的龍夜來轉述，顯得有些怪異。

「是的。」疑雁心知那是暮朔的提問，認真回答：「我們是屬於族長的那一派，本來就是支持賢者的。」

「哦，銀狼族有分派系？」

「有反對的，也有擁護的，龍族不是一樣？」疑雁不太喜歡被懷疑的感覺，「不然，賢者失蹤的消息傳出時，怎麼與賢者最為交好的龍族，居然沒有提前知道。」

「撇開反對的，他離開時，就連我們也不知道。」暮朔說起這事時，話聲極冷。

龍夜越是幫著傳話，越是覺得自己跟哥哥大人差好多，那麼有氣勢的發言，從他嘴裡講出來，怎麼變得軟趴趴的，反倒讓疑雁聽了都忍不住嘴角輕顫，極力忍笑。

他們到底在說什麼？龍夜腦袋裡的問號越來越多。

「咳，暮朔師父，請你跟緋煉大人說明，我們沒有想對賢者不利。」

「疑雁小鬼，你搞錯重點了。他從來不擔心那個人死活，而是……」

龍夜傳話到一半，詫異的大喊，「暮朔你說什麼？」

疑雁意外的張大眼睛，暮朔師父說了什麼？

「呃，抱歉。」龍夜先向疑雁道歉，才膽顫心驚的傳話，「他、他說，緋煉大人只擔心暮朔的安危，這、這個，賢者跟暮朔有什麼關係？」

龍夜隱約感覺到，這個被稱為賢者的人與暮朔關係匪淺。

『小鬼，你不需要知道，我相信你絕對聽不懂，還是繼續傳話。』

暮朔直接扼殺掉龍夜的好奇心，事實上是不允許龍夜知道才對。

「是。」龍夜含淚點頭。

暮朔的祕密還真多，為什麼他不能知道？

「夜師父，你別想了。」

同樣，疑雁也這麼說。

龍夜真想找個地方偷偷哭了，居然連掛名徒弟都這麼說。

『別耍委屈了，繼續傳話。問疑雁小鬼，有沒有證據。』

龍夜把暮朔的話說出，疑雁搖頭。

「暮朔師父，證據就算有，也只會在聖域，不會在這裡。」

『也是。』暮朔咬牙嘆口氣，『我只是想要確定而已，沒有就算了。夜，你給小鬼通訊符，順便跟小鬼說，叫他先給我躲好，影會不安全了，等到我搞定緋煉後，他再給我滾回來，他本來就沒問題，緋煉在那邊發什麼神經。』

「喔，暮朔說要給你的。」

龍夜拿出通訊符，遞給疑雁，然後額外補了好多句要疑雁躲好、緋煉大人看起來殺心好堅定、最好躲藏處要常常換、這裡情報組織好多，諸如此類的話。

聽著龍夜的關切，疑雁接過通訊符，嗓音出現些微的情緒起伏，暮朔對他的信任嚇到他了。

「嗯，我知道。冰狼一直要我離開，我就知道那裡危險了。」

只是疑雁沒想到暮朔聽到自己沒有證據，也願意相信他，這讓他很意外。

至於龍夜的關心，好吧，這位師父就是心太軟。

不過，正因為龍夜的心軟和個性溫吞，疑雁才敢親自過來解釋。

他不得不承認，就是認為有龍夜在，暮朔師父不會一見他就動手，他才有勇氣過來。

沒想到事情可以這麼容易解決，疑雁蹲下身，歡快的摸了摸溫馴的小狼。

龍夜看著疑雁的寵物，不知道該不該跟疑雁說，只要他暫時「野放」冰狼，再偽裝一下自己的面目，就不會有人找到他。

畢竟，疑雁的最大特徵就是他的愛寵冰狼。

「疑雁，你自己小心點。」龍夜最後只能這麼說。

「夜師父您也是。」疑雁對著龍夜，大大的鞠躬，「暮朔師父，謝謝您願意相信我。」

「別、別這樣，我們本來就相信你的。」疑雁的行為嚇到了龍夜，趕緊揮手說道：「解釋的工作就交給我們，你放心吧！」

「請兩位師父小心一點，那位大人的怒火很恐怖的。」

「嗯，知道了。」龍夜苦笑，抬手解除結界後，催促疑雁快點離開。

疑雁目光移到身旁的雪白色小狼，冰狼晃了晃尾巴，朝向先前沒有走過的另一條路線，往巷子的深處走去。

龍夜看著疑雁越來越遠的身影，忍不住嘆了口氣。

「暮朔，我們現在回學院吧？」

還沒到影會，他們就先遇到了疑雁，既然人已經見著，確定疑雁完整無缺、沒有惡意，連他的愛寵一根狼毛都沒有掉，也該快點回去說服龍緋煉，要他不要殺疑雁。

『嗯。』暮朔打了個呵欠，『還好緋煉會讀心，不需要等到晚上跟他說話。』

雖是這麼說，暮朔沒想到疑雁居然當著龍夜的面把賢者說出來，這讓他很訝異。

這小鬼一開始是認為龍夜知道聖域賢者的吧？畢竟聖域賢者是眾所皆知，無人不知、無人不曉。

可惜疑雁沒想到，龍夜對賢者竟是毫無認識。

只因為暮朔是被賢者影響而出事，所以族內禁止對龍夜提及聖域賢者的事，因為龍夜和暮朔共用一個身體，龍夜知道就等於暮朔聽到，他們沒必要對著一個孩子的傷口狂撒鹽巴。

這種「貼心」的舉動對暮朔毫無用處，反而讓龍夜不知道賢者的事，而現在疑雁這一提，卻讓暮朔頭疼了，他要怎麼跟龍夜解釋聖域賢者的代表意義？

只怕他一說，會讓龍夜直接猜想他與賢者的關係。

暮朔搖搖頭，這問題還是晚點再想，還是快點去找緋煉好了。

chapter 05 不合理的真相

威森酒店內，酒店老闆威森．雷亞特看著手下們調查來的資料，一臉煩躁。

「這是怎麼一回事？根本沒辦法繼續！」

威森長嘆口氣，挫敗的鬆手，放任文件四散落地。

他正在處理幕後最大出資者龍緋煉指派的任務，自從收到任務，馬上將有關於「影會」的資料查了出來，只是一調查，就發現這個暗殺者組織疑點重重。

裡面僅有一部分成員的來歷可以查出，其餘大部分他居然查不出來。

影會就像是突然來到這個世界的殺手集團，沒有過去的資料就算了，連建立的過程、開始出名的經過，全部不清不楚的，彷彿這些人具備奇特的力量，莫名其妙就站穩了腳步，在這世界生根，建立起自己的組織。

這種情況如同他們老大發展這個情報組織的經歷，實在太像了。

要是影會也是從外界進入水世界，自然沒有所謂的「以前」資料。

這讓威森頭痛了，不曉得該怎麼繼續調查，更搞不懂龍緋煉為什麼會執著於影會。

他看著散落一地的資料，焦躁的連連嘆息。

雖然他有諸多抱怨，但還是先把目前影會的所有資料交給龍緋煉。

——去找老大報告，順便問點事情好了。

威森做出決定，將地上的資料收拾好，出門。

威森沒想到一離開酒店，還沒接近楓林學院，他就被人攔了下來。

那是一名看似沒睡飽的綠髮青年，以及一名年紀頗大的老人。

威森見狀，向後退了一步，打量著突然攔路的兩人，這樣的組合讓他感到眼熟。

「受人之託呀！」青年揉了揉眼，對威森連連感嘆。

青年一開口，威森就想起來人的身分。

「你是說你的雇主？珀因，我們是做同樣類型的工作，在蒐集情報上，一直是抬頭不見低頭見，有必要來找我麻煩，引發衝突嗎？」

「呵。」珀因輕笑，「我的雇主就是希望我阻撓你呀，威森。」

「你在這裡攔截，我的部下們還是可以幫我把情報轉交出去。」

「不一定。」珀因半瞇著眼睛，發出慵懶的嘆息，「你發現了嗎？」

威森警戒著，緊閉嘴巴，不回答問題。

珀因微動著唇，輕輕吐出後續：「影會的情報你無法傳遞，因為情報『消失』了。」

「怎麼可能？」威森嗤笑，他人就在這裡、情報就在手上，哪會消失。

「就是有這種可能。」珀因睨了威森一眼，黑色的雙眼變得更加的漆黑。

面對珀因莫名的驟變，威森拿出準備給龍緋煉的情報資料，赫然發現，資料文件的墨水整個暈開，而暈開的字由黑轉白，墨水色澤慢慢與文件顏色融合。

「怎麼可能！」威森一臉驚愕，眸中難掩詫異，「你做了什麼？」

「沒有。」珀因聲調變回慵懶，笑著搖頭，「我什麼都沒做。」

「不可能。」威森甩掉變成白紙的資料，咬著牙用力否決。

珀因聳肩笑了笑，「沒有情報，你要怎麼完成工作？」

「我不相信。」威森使用通訊魔法，通知部下代為傳達。

「聯絡是無效的，我說了，影會的情報消失了，任何想要透露影會情報的人都會遺忘這件事。」珀因難得一再重複。

威森瞅著珀因，這有可能嗎？

他手中文件的字跡消失，可以認定珀因使用了什麼奇特魔法，但人啊，人怎麼會遺忘自己腦袋中的記憶？

就算是有這類型的魔法，也要與人面對面才有可能做到。沒有見到與他交談的人，珀因又怎麼可能做出他所說條件的魔法。

時間一分一秒的過去，他指定的部下一直沒有消息傳回，如同被無法完成的工作困擾，既不能完成、又不敢辯解，就這麼拖著一樣。

等了又等，最後威森越等越絕望，似乎真的被珀因說中了。

既然手下那邊派不上用場，也只能靠自己了，威森在想別的方法……

有了！

「主人，他還沒放棄。」一直靜靜站在珀因身後的老人提醒著。

珀因側身看著部下，輕鬆道：「這才有趣，鍊金術師不會做沒把握的事。」

珀因玩味的看著威森，似乎在等著什麼讓他驚豔且不會感到無聊的後續發展。

威森忍著怒氣，從懷中拿出手掌大小的黑色方狀物，那是他們鍊金術師最新研究的通訊設備，裡面應用了許多魔法與鍊金術效果，可以防止魔法干擾，順利將話傳給想要通訊的對象。

威森發動方狀物的開啟陣法，直接鎖定龍緋煉。

這個設備他試驗過，就算不能完全穿過學院的結界，最少可以讓龍緋煉知道他在找他。

「喀。」

手中的通訊設備發出詭異的聲音。

威森聽到後，馬上進行對話：「老大，我有事找你。」

話一說完，手中的物品發出「滋滋」的干擾音。

「老大你有聽到嗎？我想要跟你說……」說什麼？

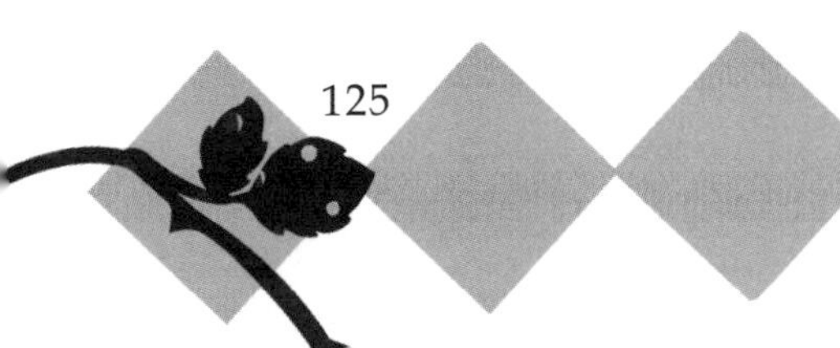

威森嗯嗯啊啊了老半天，想要說的話剛提到嗓子眼，就無法完整說出。

「『說不出來了吧？』」

手中的通訊設備與站在他前方不遠處的珀因，發出同樣的話。

威森雙眸瞪大，物品也從手中滑落，與地上親密接觸，發出清脆的撞擊聲。

「這怎麼可能？」他沒想到珀因可以截斷手中鍊金術產品的通訊頻道，並將接受訊息的座標改成自己。

「就是有這樣的可能。」珀因緊閉著唇，沒有開口，話是從地面上的通訊設備裡響起。

「呵，這東西真好玩。」珀因轉動眼眸，似乎玩上癮了。

「你到底是什麼人？」威森戒備著向後退了幾步，拉開足夠的距離後，他從寬鬆的灰袍內拿出一疊有著各種色彩的卡片。

那是他的鍊金術道具，這些卡片外面塗滿了他做出的觸媒。

珀因輕笑著，抬手對身旁的老人示意，「退下。」

老人心知主人的興致來了，想要迎戰對手，便順著珀因的意思退開。

當老人一後退，珀因腳下的影子起了變化，它不斷閃爍，一下子忽白忽黑，兩種極端顏色不斷交錯。

珀因輕輕地勾動手指，影子伸長，以他的腳下為中心，蔓延的影子分裂成無數條黑色細線。

威森見狀，左手快速滑過持有卡片的右手，抽出白色的卡片。

影子可以用光線驅逐。

卡片從手上滑出，威森觸動媒介，白色光元素猛地從卡片內部炸開，瞬間大放光明，將他們所站之處，包含暗黑的巷弄，所有的陰暗都被白光驅逐開來。

「可惜，我的『這個』不能用這種方法破解。」

珀音的話像是宣告，黑色的影子絲線劃過白光，朝威森地上的影子刺去。

首先是手，再來是身體、腳、脖子、頭，絲線不斷增加，一條條的黑色絲線穿入威森的影子，等到威森發現狀況不妙時，他的影子已經被珀因腳下的黑色絲線緊緊纏住。

「你做了什麼？」威森骨碌碌的轉動眼睛，發現自己無法動彈，唯一可以動的剩下嘴和眼睛。

「聯繫。」珀因眨了眨眼，像要印證他說的話，手微抬，地面影子隨著他的動作而移動，同時，威森腳下的影子被扯動，他跟著舉起手來。

威森見自己的手不受控制的舉起，臉色變得十分蒼白。

這是什麼魔法？他怎麼沒見過！

不，這已經不是魔法了。威森心想，或許只要珀因願意，他能夠操控的不是單數，而是複數。

「認輸？」珀因輕笑，給威森選擇的機會。

威森轉動眼睛，瞪了珀因一眼。

「不想用說的？你可以點頭。」珀因眼神微動，將刺著威森頭部影子的絲線收回。

「作夢。」對於這種「貼心」舉動，威森不能接受。

他的老大是誰？是龍緋煉呀！有這名恐怖的主子在，他寧可死，也不能讓龍緋煉知道他示弱認輸。

就算珀因可以阻止別人說出情報，讓他不能用書面的方式寫出整合過的情報內容，那又怎麼樣？龍緋煉的專長是讀心，他可以讓龍緋煉直接把情報讀出，這樣一來，不論珀因怎麼阻擋，情報還是可以傳達出去。

「那就對不起了。」珀因嘆口氣，「威森酒店的老闆要換人了。」

「不會那麼簡單的。」

威森的頭部恢復行動能力，這樣就夠了，用來同歸於盡的招式，從來不需要太多的動作就能發動，他就算是死，也會讓對方付出代價。

「不難的。」珀因很有信心的轉頭，看了看身後的老人。

老人見狀後，緩步向前，從珀因的身旁經過，來到威森身前，抬手朝威森的肩頭一壓。他使出不屬於老人該有的力道，重重將威森壓倒在地。

威森的身體一貼到地面，地上的影子緩緩朝他的身體攀爬。

「威森·雷亞特，你會變成我的一部分。」

隨著珀因的話，影子猛地張起，像是餓了許久的怪物，要將威森整個吞噬掉。

無法自制的驚慌失措，威森無奈的發現自己失去反抗和反擊的能力。

在最危急的一瞬間，在影子將要吞進威森的那一刻，壓制住威森的老人突然向後倒下，

威森感覺一股力道將他從影子內部拉出，脫離珀因影子蔓延的區域。

「得、得救了。」

威森腳一落地，被拉扯住的感覺沒了，他顫抖的說完感想，抬起頭，前方映入眼簾的是一抹鮮豔的紅，是他心裡暗暗期待許久的人。

「威森使用通訊魔法卻半句話都不說就切斷通訊，原來是被人攔截。」

淡漠的語調從那人的唇中溢出，聽不出任何情緒變化。

一邊說著拖延時間的廢話，他一邊瞇起紅色雙眸，定定注視著珀因。

沒多久，他從珀因的心中讀出，對方是接受了龍夜的委託，前來阻止威森傳遞情報。

「老大，太感激了。」威森感激涕零的道謝。

還好老大來了，不然他的小命就沒了，這下子他總算可以把影會的情報送出去。

龍緋煉回頭睨了威森一眼，「嗯？找到人了？」

威森用力點頭，如果無誤，影會之人的主要據點就在商店區內。

「消失的情報。」龍緋煉說著突兀的話，把目光轉移到散落地面的文件上。

一聽見那五個字，珀因嘴唇動了動，欲言又止。

這個人可以讀出人的心聲？

龍緋煉聽著珀因的心聲，沒有說話，他知道珀因在刺探他。

珀因不斷用許多無用的話語堆砌在自己心裡，不讓龍緋煉讀出正確的消息。

「主人。」被龍緋煉用法術撞開的老人急忙回到珀因身旁。

「我們先離開。」珀因對老人下令。

留在這裡越久，就會越壞事，早走早好。

可惜珀因決定的再果斷，老人腦中的信息依舊被龍緋煉讀了出來。

得知前因後果，龍緋煉沒有阻攔珀因和老人，乾脆放他們離開。

「老大你為什麼放他們走？」威森心中頗有微詞。

「現階段還不能招惹『土地神』那邊的人。」

龍緋煉拋下這段話，轉身往學院的方向走去。

「等等老大，你說什麼土地神？」威森滿臉疑惑，緊跟著龍緋煉。

龍緋煉淡淡瞥了威森一眼，威森趕緊閉上嘴。

「去影會，不論是小鬼二號，還是影會主人，見到馬上通知我。」時間刻不容緩，龍緋煉拋出命令，順道扔給威森一顆綠色的石頭。

龍夜和暮朔已經從珀因的手中拿到影會的情報，只怕他們再慢下去，龍夜就會見到疑雁。

「這是？」威森困惑的望著石頭，這顆長青苔的石頭有什麼用？

「通訊符石。」龍緋煉冷冷解答，以免他把符石當作一般石頭丟了。

「吞下就會發動。你不需要開口，訊息就會傳送給我。」

要不是為了防止珀因再次截斷情報，龍緋煉才不會給威森符石。

畢竟這是聖域的物品，如果被其他留在水世界的異界之人發現，一定會對威森的身分多加揣測，他不希望花很長時間鋪下的情報網就這樣毀於一旦。

「是，老大我先過去，你就等我的消息。」

心知自己前面的不當反應讓龍緋煉生氣了，威森趕緊將符石收好，用逃難的速度，快速前往影會聚集地，準備將那邊的狀況快速回報給龍緋煉。

威森走遠之後，龍緋煉嘆口氣，繼續朝學院的方向走去。

他也該找格里亞聊聊，他今天早上看到龍月自己一人回到宿舍房間，就知道格里亞沒有幫他的意願，甚至還給龍夜擺脫龍月監視的機會。

面對格里亞的倒戈，龍緋煉一定要與他見上一面。

「緋、緋煉大人。」

怯懦的嗓音遠遠傳來，龍緋煉沒想到，他才剛決定好目標，龍夜就來了。

他讀了一下龍夜的心，更想不到，龍夜居然和疑雁見過面，看來威森的動作慢了。

這也沒辦法，是疑雁自己跑去接觸龍夜。

「什麼事？」龍緋煉抬眉，對朝自己走來的龍夜，明知故問。

龍夜很緊張，他以為龍緋煉會在宿舍房間，結果居然在這裡。

難怪前往學院時，暮朔會說，他不知道龍緋煉的「進度」到了哪裡，因為沒動作不代表沒行動，龍緋煉習慣把前期作業交給別人，他只要最後動手就行。

所以，要幫助疑雁，一定要趕在龍緋煉尚未出手前，否則一旦龍緋煉動手了，那他們就得準備替疑雁收屍。

龍夜不知道該說什麼，他不確定龍緋煉是在散步還是善後。

龍緋煉所在的地方有些混亂，像是剛與人打過架，這讓他不知該如何是好。

『夜，你發什麼呆？還不快點跟緋煉說。』

暮朔差點吐血，就算龍緋煉和人打架也不關他的事，現在的重點是，他們要說服龍緋煉，不要對疑雁動手。

「緋煉大人，疑雁他沒有想要對我們不利。」龍夜呆呆的從這裡說起。

「你們和他見過了，我又能說什麼？暮朔，你見到小鬼二號，聽到他說的，居然沒有質疑，更沒有動手殺他，這讓我很不放心。」

龍緋煉心情十分複雜，對於暮朔的高效率，不知道該說自己教導的好，還是需要反省自己的動作太慢。

『疑雁小鬼沒有加害我的意圖，我又不是吃飽沒事做，何必殺人。』暮朔語含諷刺。

「那是你的想法。」龍緋煉疲累的嘆口氣，「就算他無心對付你，但他的族人會動手。」

「咦？為什麼？」龍夜驚呼。

他和暮朔共用身體的消息傳出去會這麼嚴重？他怎麼不知道！

不對，先前在307號房龍緋煉就說過，他們兄弟之間一體雙魂的祕密如果傳了出去，暮朔就會有生命危險。

以前因為龍月知道祕密的關係，他有問過暮朔，為什麼這件事連好朋友都不可以說。

暮朔當時是怎麼回答的？

好像只回答三個字——我會死。

龍夜無法理解，為什麼這個祕密被人知道，暮朔就會死？而且他以前發現兄長的靈魂在自己的身體裡時，還很開心的跟父親說這件事，父親的反應也很正常，沒有什麼特別的地方。

暮朔卻說，因為父親知道，所以他聽龍夜這麼說，反應才不激烈。

他要龍夜回想當時狀況，龍月知道的時候，愣了很久很久，最後吐出的一句話，就是他是不是開玩笑。

也就是說，龍月最初是不能接受、是無法置信的？

龍夜皺緊眉頭。

事情怎麼會變成這樣？

暮朔失落的嘆口長氣。

龍夜想的越來越多、越來越深，漸漸逼近不該被他知道的真相。

暮朔從龍夜剛剛的內心思考聽起來，在龍夜告訴龍月雙魂祕密的時候，龍月一吐出他的疑問，自己當下就要讓龍夜回答他說「對，我是開玩笑的」，這樣他就可以一直躲藏在龍夜的內心裡，頂多晚上出來偽裝成龍夜，在外頭悠閒亂逛。

如此一來，就算他消失，頂多只有賢者那一派系的人知道，那些反應冷淡的人，最多只有「繼承人真的死亡」的反應，然後再去找新的繼承人。

這種方式才是暮朔想要的，他靜靜的消失就好，不想要做多餘的抵抗。

只是現在暮朔這麼說的話，鐵定會被想要幫助他的人——龍緋煉、龍月、格里亞，以及雖然處於狀況外，卻很關心哥哥的龍夜給合力攻擊。

『你想那些做什麼？龍夜，重要的是疑雁的小命。』暮朔意圖阻止。

疑雁的命哪有哥哥大人重要！

龍夜想到這裡，懊惱的拍了拍頭。

「疑雁的事會危害到暮朔的話，我是不是不應該幫助疑雁？」

「對。」龍緋煉趁機插話，語氣沉重的點頭。

『緋煉你先不要說話，我們很忙。』暮朔吼了他一句，不能接受。

龍緋煉聳聳肩，要是龍夜自己想明白了，暮朔想做什麼都沒有用，他樂觀其成的退到一邊，等著看「兄弟鬩牆」的戲碼。

『臭小鬼，你最好不要這麼想。』暮朔深怕龍夜會臨陣倒戈，恐嚇道：『我的禁言契約很穩定，疑雁小鬼那邊絕對沒問題，如果你因為緋煉的這句話，認為疑雁不該幫忙的話，那你要不要也讓龍月死一死？』

「等等，這跟月又有什麼關係？」龍夜嚇到了。

『一樣的。』暮朔哼聲說道。

『龍月知道這個祕密，保證不會說出去，但他那邊的人也有可能透過其他方式知道我的存在。既然疑雁該死，那麼，龍月是不是跟疑雁一樣，要跟著去死，這樣對疑雁才公平？總不能說，龍族的不用死，其他族的都去死，這樣的話，我這個會害死人的罪魁禍首是不是要先死，才不會禍害這麼多人？』

龍夜艱難的嚥下唾沫，看來暮朔氣瘋了，居然拿自己的性命開玩笑。

「暮、暮朔冷靜，你不要拿你自己開玩笑。」

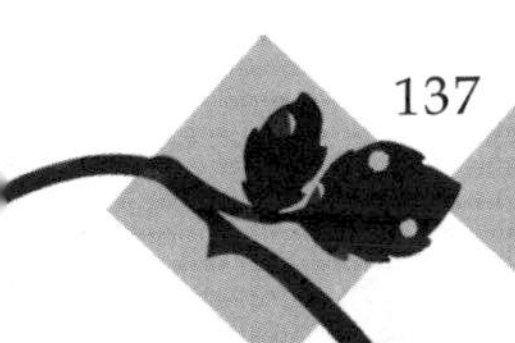

『我沒有。』暮朔冷冷的駁回，『你們不就是這個意思?還是你要說，以前沒有緋煉，現在有他，所以之後知道的人都該去死?』

「……」龍夜頓時無語。

『你不要被緋煉影響，想想前面的龍月案例，再想想疑雁小鬼的處境，你就可以知道，事情沒有這麼嚴重，緋煉他是在騙你的，只是想要一個殺疑雁小鬼的理由。』暮朔不再繼續刁難龍夜，『下次記住，不要胡亂動搖，要堅定信念，知道嗎?』

龍緋煉眉頭上揚，他沒想到暮朔居然睜眼說瞎話。

「是。」龍夜被暮朔說服了，低頭認錯。

不過，龍夜還是搞不清楚，暮朔為什麼這麼肯定雙魂的祕密被揭穿，他就死定了。

龍緋煉正要說話，暮朔無視他的反應，提前解釋。

『你還在想這件事啊，拜託，以前我不准你把我的事情說出去，是因為我住在你的身體裡。你是主，我是客，如果被外人知道我住在你的身體裡面，他們一定會認為你被下咒，或者是被什麼不乾淨的東西纏身，他們一定會想辦法把我解決掉。』

龍夜想了想，暮朔這話說得也對，就不再多想。

龍緋煉半閉著眼，傾聽龍夜和暮朔的對話。

龍夜從頭到尾都在狀況外，完全沒發現他被暮朔牽著跑。

只能說，暮朔的話術非常高明，可以把事情的重點完全改變，龍夜沒有想過，就算是一體雙魂，別人也不會花費大力氣的對一個小鬼進行「驅邪」，再把其中一個殺死。

真會這麼做，就代表其中一定有值得大費周章的利益存在。

算了，龍夜一無所知遠比一清二楚來得好，省得礙事。

龍緋煉不去理會龍夜對此的看法，只對暮朔重複他的決定。

「暮朔，小鬼二號一定要死。」

『你是聽不懂人話嗎?疑雁小鬼不可以殺。』暮朔沒想到龍緋煉會不管自己的意見，

『你要殺，不會對那些想要加害我的人下手?針對疑雁小鬼做什麼?你殺一名無害的小鬼，會心安嗎?』

「會。」龍緋煉冷著一張臉，點頭，「能達到殺一儆百的效果，一個小鬼算得了什麼。」

對他來說，重要的人是暮朔，其他人一點也不重要。

『緋煉，我可以把這句話解讀成，你用我做濫殺的藉口？』

「無所謂，隨便你怎麼想。」

龍緋煉鐵了心就是要殺疑雁，就算暮朔無法理解與諒解，就算殺錯又怎樣，只要能夠達到警告目的，他被扣上濫殺的罪名也甘之如飴。

他不能讓暮朔因為疑雁，再次導致遺憾發生。

『……給我一個理由。』

「我非做不可。」龍緋煉自知和暮朔的談話不會有交集，直接拋下一句，「有什麼事，等晚上再說。」

『如果我說不呢？』暮朔不能放他走，『你會出現在這裡，代表調查有結果了吧？我不能眼睜睜看你離開，去加害疑雁小鬼。』

「說到這個，我還沒有說你呢！」龍緋煉轉身，雙手環起，「那個綠髮的是你委託的？」

『對。』

「你還挺會找人，找到『土地神』的眷屬，我的人差點死在他的手上。」龍緋煉不太愉快。

『嗯？什麼土地神？』暮朔困惑的回問。

「從綠髮的部下那裡讀出特殊的訊息。水世界有一個真正的主神，綠髮和他的組織都是祂的信奉者。」

「真正的主神？那光明、黑暗和元素的神明呢？」龍夜驚訝的忍不住發問。

「外來的。」龍緋煉聳肩說道：「跟土地神作對，一個弄不好是會被趕出去的，這次我就放過他們了。」

龍緋煉言下之意，下一次遇到珀因就不會放過他。

「土地神啊！」

龍夜頭痛了，這個世界也太混亂了。

三個外來神明、一個真正的主神，外加他們這群外來的異界訪客是嗎？

『小鬼，我們回宿舍。』

「為什麼？」龍夜不解的問，暮朔不是想攔緋煉大人嗎？

『調查一下土地神的事情。』

「咦？」龍夜愣住，疑雁的事情不處理了？

『疑雁小鬼的事情固然重要，光明教會那邊的事也要顧及才行。』

暮朔是這樣打算，既然龍緋煉不改初衷，他們說破嘴也沒有用，還不如先處理其他事情，反正這事不止他煩惱，還有個格里亞放不了手。等格里亞回到學院，晚上再跟他討論怎麼幫助疑雁，那樣會更有效率。

再說疑雁已經離開影會集合地，暫時應該不會有生命危險。

龍夜點點頭，只是他不曉得該用什麼理由離開。

「想走就走，我不會攔。」龍緋煉抬手放行。

龍夜見狀，對龍緋煉一個鞠躬後，趕緊往學院的方向跑去。

龍緋煉看著龍夜離開，內心長嘆。

暮朔都不知道，他所做的一切全是為了他好。

只能說，暮朔不愧是賢者一手教出的繼承人，兩人有一樣的特質，就是得到自己「信任」的人，便不懷疑的信任到底，即使旁人察覺有異，苦口婆心的勸說，依舊會死腦筋的相信到最後一刻。

當初就是因為這樣，暮朔才會出事，導致「死亡」。

賢者相信他選擇的繼承人，也相信他周圍的人，他還將暮朔帶到無領地界，將未來的賢者介紹給所有的人，讓他的部屬提早熟悉新的主人。

他這麼做本身沒有問題，可是他做錯了一件事，那就是繼承人尚未成年，不宜讓繼承人的身分曝光，給部屬知悉是無所謂，但對於其他三族，應該防備情報洩漏。

可能是這一屆的賢者找繼承人找很久了，當他發現暮朔就是繼承人時，太開心也太過關心暮朔，讓不少人提前關注暮朔的存在，懷疑他是不是未來的賢者繼承人。

當外面開始流傳暮朔就是賢者繼承人，龍緋煉立刻通知了賢者。

偏偏賢者不把他的話放在心上，認為傳言不需要在意，畢竟流言只是臆測，沒有威脅性。

龍緋煉卻認為賢者的想法，不一定是對的。

傳言吶，假的可以變成真的，更何況傳言是真實的，不論真假，總是會有人認真對待這項來源不明的流言。

賢者可是吃力不討好的職業，有人捧、有人罵，甚至還有搞不清楚狀況的人，不知道賢者是怎樣的職位，認為他們只要殺掉賢者，自己就可以當上賢者。卻不知道歷代賢者的選定方式非常特殊，只有賢者本人才知道自己的繼任者是誰。

就算殺掉賢者、殺掉未來的繼任者，他們也無法成為「賢者」，只能使賢者之位懸空下來，直到又一位「賢者」現世。

所以，當時賢者的不在意，換來暮朔的身亡。

之後賢者後悔了，自己當時不應該對流言不以為意。

為了彌補自己的遺憾，他把暮朔的靈魂放入龍夜的身體裡。

但一步錯，步步錯，之後的彌補卻換來暮朔靈魂即將完全消失的窘境。

賢者決定出發旅行，去找出解救之法前夕，還特地找過龍緋煉，希望他可以好好的照顧暮朔，不讓他被有心人危害。

龍緋煉答應了，並不是因為賢者是朋友而答應，是因為暮朔是他一手教導出來、看著長大的，就算賢者沒有說，也會保護他。

畢竟，當時暮朔的死，他也有錯。

他不應該順著賢者的意思，袖手旁觀。

這次他不會了，因為暮朔的時間已經不夠了，不能再添其他多餘的亂子，任何可能對暮朔有害的人事物，他一定要將他們全部提前消滅掉。

哪怕其他人說他不近人情，他也不會讓步。

「啪！」

突然響起了一個聲音，是前往影會的威森連繫他了。

龍緋煉挑眉，從懷中拿出傳送晶石，直接發動傳送魔法前往。

chapter 06 學院與賢者

商店區的廢棄倉庫，看似荒廢多時，仔細看仍能找出有人進出的跡象。

威森看著實際上是影會聚集地的廢棄倉庫，很難不緊張。

他在情報圈有自己的人脈，懂得求生方法，跟人對戰不是辦不到，問題是，現在是要進入暗殺者的地盤，風險極高，要不是龍緋煉的命令，他只會悠哉躺在威森酒店，等部下進去「送死」。

事到臨頭，不能不上。

威森摸了摸藏在懷中的符石，來到廢棄倉庫門前，抬起食指一推。

「咿呀」一聲，門毫無阻礙的被推開。

陽光順著開啟的門，慢慢灑入倉庫。

可惜推門力道不夠，陽光只射進去入口的一小塊地方，無法看清裡面。

「外來者，請進。」

淡漠的嗓音從裡面傳出，威森聞言，暗中將符石拿在手上，就大步進入。

廢棄倉庫裡面不小，十分寬廣的空間，卻只有兩個人在。

一名身穿黑袍，看不清長相；另一名是有著灰髮，身穿楓林學院制服的男子。

「這裡沒有別人。」灰髮男子說。

「威森酒店的老闆來到這裡，是有什麼要事？」黑袍者緊接著發言。

威森重點放在黑袍者身上，「你是影會之主？」

「是。」黑袍者坦然說出身分。

「我的老大想要見你。」話完同時，威森吞下通訊符石。

沒過幾秒，地面浮出一道傳送魔法陣。

從陣中走出的，是一名有著紅色長髮的紅眼青年。

「主人，您為什麼要離開？」老人走在綠髮青年身後，低聲詢問。

「那個人有古怪，我們現在得去找瑟依，他有危險了。」

珀因往影會的聚集地奔跑，有預感告訴他要快一點，要來不及了。

他還沒到倉庫所在的地方，就聽到一道猛烈的爆炸聲響。

珀因猛地回頭和身後的老人對看一眼，不再停留的快步衝了過去。

只是他一到廢棄倉庫，只看到沖天的火焰，詭異的是，遠處的人像是沒有看到這燒得猛烈的火焰，半點喧譁吵鬧的聲音都沒有出現。

不，正確來說，凡是想從廢棄倉庫周圍移動的人，都路徑一致的大老遠繞個圈，改從別的路徑繞了過去，沒有任何一人靠近這裡。

「主人，這……」老人看著這麼詭異的狀況，直接呆掉。

為什麼只有他們可以接近這裡，不受阻礙跟影響？

珀因低下頭，拿出腰間的小小的褐色錦囊袋，打開來，裡頭有顆發著微弱金芒的褐色石頭。

「大概是有人用了魔法，把倉庫隔絕。」珀因收回錦囊，「我們來晚了。」

這時，沖天的火焰分成兩半，濃霧四散開來，四道人影從倉庫內跳出。

那是瑟依、灰髮男子、龍緋煉和威森。

「可惡，你們這些人是不會給人解釋的機會嗎？」灰髮男子指著龍緋煉抱怨。

真不愧是「傳說中的大人」，一出手就把他們的窩給毀了。

「灰髮的，交出小鬼二號。」龍緋煉不想浪費時間。

「這位大人，我有名有姓，我叫青路。」青路翻了翻白眼，道出名字。

「死人不用報名字。」龍緋煉看向珀因，「想通知？來不及了。」

「果然。」珀因眉頭一擰，這個人果然會讀心。

「第一次會放過，這次就不同了。」

龍緋煉手一抖，掌心浮出一顆黑色石頭，「你和他，誰要先死？」

他的目光先看向珀因，後面才放到瑟依身上。

「珀因，我們聯手？」瑟依絕不敢小覷他。

瑟依的邀約，珀因沒有拒絕，他抬手，影子自動分裂，化成一條條的黑色絲線。

「威森，礙眼，到後面去。」龍緋煉上下拋著手中的黑石，蓄勢待發。

威森聞言，自動向後退了十幾步。

面對老大親自出手，他還是順著龍緋煉的意思，別礙手礙腳的好。

等到威森走遠，龍緋煉扔出手中黑石，低喊：「閉鎖。」

黑色的結界瞬間發動，不斷擴張。

瑟依見狀，雙手一抖，指縫各挾著四把短匕首，向後一跳時朝龍緋煉射去。

同時，珀因抬手，影子隨著手勢，刺穿黑色石頭的影子，將它包裹住，破解閉鎖的結界，免除被龍緋煉個個擊破的可能。

是的，單打獨鬥的話，珀因承認他沒什麼信心。

龍緋煉瞧著朝自己襲來的八把匕首，拋出淡藍色的石頭。

「風捲。」

石頭化成青煙，捲起一道風，將匕首一一打離軌道。

「嘖，會法術的都很討厭。」瑟依暗嘖一聲，對袖手旁觀的青路說道：「你還不出手？」

瑟依命令式的要求讓青路不滿，卻又不想獨自對抗那位大人，只好動了。

只是他剛把手抵在腰上的武器，就看到躲得老遠的威森默默拿出一張藍色卡片，那動作像是在告訴他，只要他動手，對方就不介意出招。

青路冷冷一哼，銀狼族人不怕被人挑釁，只怕沒對手！

於是，他把攻擊目標改成了威森．雷亞特。

珀因用影子徹底毀掉黑石，接著驅動影子，朝龍緋煉的影子發動襲擊。

龍緋煉一方面要防止自己的影子被珀因捕捉，另一方面又要破解瑟依的攻勢。

面對土地神一脈以及銀狼族人的強強聯手，龍緋煉依舊從容。

表面上是這樣，實際上，當地上屬於珀因操控的黑影越來越細、越來越多，瑟依配合良好的，只在黑影尚未鋪滿的方位出手，將龍緋煉慢慢趕進包圍圈中。

閃躲的空間變小了，代表出手的次數必須增加，以免一個失足就被對方控制。

果然，土地神所屬不是那麼好對付，在打鬥時幾乎佔盡地利，如果己方實力不夠強悍，簡直會一面倒的快速戰敗。

龍緋煉漸漸顯得有些左支右絀，這是他的大危機。

以往對敵犀利的法術攻擊和反擊，大多被珀因使用的影子封鎖和抵銷；想要依靠體術什麼的進行閃躲和近身搏鬥，又被瑟依的匕首飛射給遠遠逼退。

遠程行不通，近程沒辦法，這樣下去，真會被困死在包圍圈裡。

即使如此，龍緋煉也不打算束手就擒，更想著如何反撲逆襲。

他把目光移到設置在最外圍的隔絕結界，想也不想，直接將結界撤開。

為此，原本發現不了倉庫著火的遠處人們，在這瞬間看到焚燒到變形的倉庫，不少人詫異的衝了過來，怕火勢越燒越大，最後會一燒不可收拾。

沒想到，除了燃燒中的倉庫，倉庫前方空地上還有開打許久的兩派人馬。

「居然出這招！」珀因迅速收回影子，主神的事不能曝光。

那位傳說中的大人是打不過，所以故意這麼做嗎？

就算是這樣，身為暗殺組織之主的瑟依可不會因為結界收回就放棄。

正當他想再度攻擊時，一道強烈的風刃襲來，他趕緊遠遠跳開，同時也察覺到，封閉結界又回來了，靠近這裡的人們又莫名其妙的遠遠避開。

「你們能不能看一下時間場合，不要在大庭廣眾之下大打出手？」

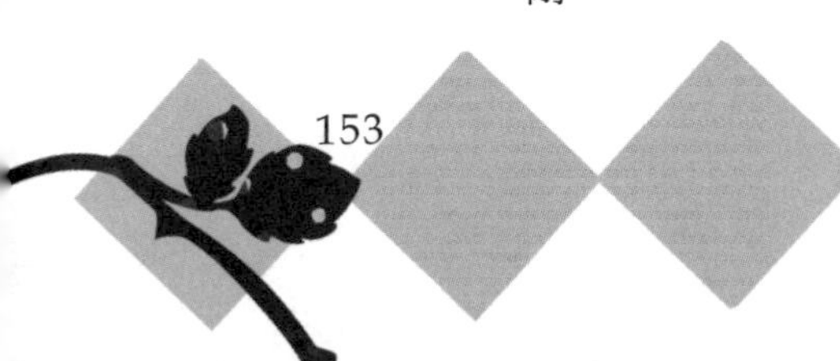

瑟依朝傳來聲音的地方望去，那是一名手持銀白色摺扇的黑髮男子。

「學院護衛隊的隊長大人，你到這裡，是要幫助哪一方？」珀因輕笑，看著不請自來的攪局者，好奇他會幫助誰。

「我誰都不幫。」格里亞橫了珀因一眼，伸手指了指龍緋煉和青路，「學院的人公然在校外互毆，要我這護衛隊隊長顏面往哪擺？」

院生就要守院生的規矩，或許院生與外人之間的紛爭可以在學院外解決，但院生與院生之間，除非有光明正大的理由，否則不論在內、在外，都不可以進行私鬥。

當然，平常學院護衛隊是不會管的，院生想打就打，不要出人命就好。

現在格里亞只是藉著這項規定，讓龍緋煉、青路和瑟依停手。

「那邊那個，外面你可以處理一下嗎？」格里亞手上摺扇指向珀因，「我想，你應該不想把事情鬧大吧？」

珀因點頭，外面那些路人大多見到影子招式，他需要處理掉那些人的記憶。

格里亞到此鬆了口氣。

「剩下的事情我會處理。」

「處理？」龍緋煉輕笑。

「沒錯，大家開門見山，好好談一談吧！」

話完，格里亞拋出一顆透明晶石，發動裡面預藏的魔法，將珀因和老人以外的其他人，包含他自己一起送離這個區域。

傳送魔法的光芒退去，龍緋煉發現自己來到遠在楓林學院雲華館的校長室內。

「格里亞，你把這些人送到我這裡做什麼？」

正在喝茶納涼的楓林學院校長茲克，詫異看著驀地出現在眼前的龍緋煉等人。

「校長，這次我搞不定，只好找你救命。」

格里亞苦笑，指著龍緋煉和瑟依、青路。

「你這個隊長白當了嗎？居然連院生都搞不定。」茲克校長抬眉，看到瑟依又罵道：

「你把外人送到學院來做什麼？你嫌事情不夠多？」

「咳，不是這個問題。」格里亞輕咳一聲，似乎希望校長可以接手。

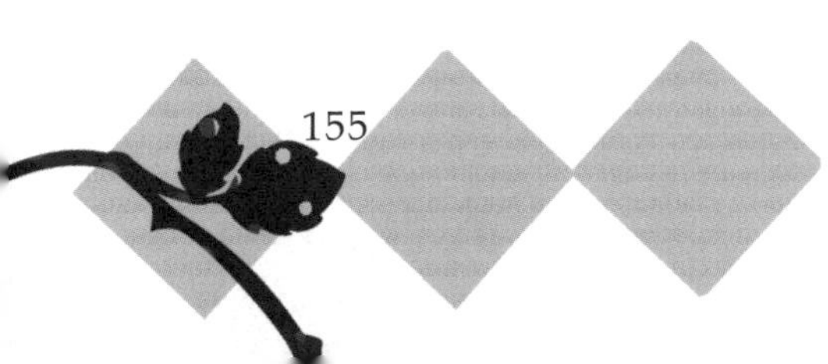

龍緋煉看了格里亞一眼，進行讀心，卻發現對方內心裡沒什麼重點。

格里亞滿足的笑著對龍緋煉道：「抱歉，為了防止你的讀心術，我啟動了隔絕法術，對於某些特定字眼，會發動全面屏蔽。」

這是無領的特有法術，雖然無法完全掩蓋內心所想，但可以針對某事、某物進行封閉，更會在設置地點中，全面讓讀心法術失去作用。

現在格里亞想的和法術發動的「關鍵字」有關，所以龍緋煉的讀心失效。

「校長，我們得掀開底牌了。」格里亞毫不客氣的坐到辦公桌上。

「哪個底牌？我有嗎？」茲克校長繼續喝茶，不理會格里亞。

「嘛，校長你別裝死，我當護衛隊隊長時，你告訴我的話，現在請說給他們聽。」格里亞輕笑道：「不然你要等到龍族和銀狼族打得你死我活的時候再說，那就晚囉！」

「你怎麼會……」

瑟依和青路錯愕的看向格里亞，這個人居然知道他們的身分。

龍緋煉緊蹙著眉，內心有不妙的預感。

直覺告訴他，接下來絕對沒好事。

「怎麼會知道你們的事，是嗎？」格里亞歪頭，把兩名銀狼族人未完的話說出。

「最近從聖域來的人還真多。」茲克校長放下喝盡的茶杯，露出複雜的神色。

「我不就跟你說，最近會有一批？」格里亞晃了晃手中摺扇，朝龍緋煉比去，「雖然晚了，還是告訴你一下，他們就是聖域的。」

「四個全部都是？」茲克問的仔細點。

「對。」格里亞笑著應答。

「水世界的人。」龍緋煉將目光轉移到茲克身上，「你怎麼知道聖域的存在？」

「有人告訴我的。」茲克輕彈食指，茶杯溢滿了茶水。

有隔絕法術在，讀心不好用，他只能一步步將答案套出來。

「誰？」龍緋煉瞇起雙眼，語氣危險。

身為龍族的指導者，他有責任找出對外界者洩漏「聖域」情報的人。

「放心、放心，我確認過了，他有正當理由，可以得知聖域情報。」格里亞隨口解釋，「校長的狀況跟威森一樣，是與聖域居民合作的人。當然，那個人你也認識，不然我不會找校長求救。」

威森的合作人是龍緋煉。

而茲克校長的合作人，只有格里亞和茲克校長知道。

「誰？」龍緋煉繼續追問。

「無領賢者。」茲克校長吐出讓所有人驚愕的話。

無領地界的賢者，就是茲克校長的合作者。

格里亞打開摺扇，一臉的無奈。

「如今事態這麼嚴重，我不得不說了。那個不負責任的傢伙離開前有告訴我，如果遇到不得不離開聖域找尋他的時候，可以到挪亞世界的楓林學院，那裡有他事先安排的眼線。」

「這怎麼可能……」青路低喃著。

賢者居然在這裡鋪設了眼線，代表這裡跟賢者極有關連。

這讓他們這些長時間留在水世界的人，顏面往哪裡擺？他們想不到賢者的相關者就在這裡。

龍緋煉冷冷看了一眼格里亞，他不相信。當讀心術被封印大半，聽不到心聲，這種狀況下的對話，他抱持懷疑。

「我一開始就說了，想要你們進入學院，不止是因為我在，還有這個原因。」格里亞強調似的，用扇子點了點校長。

賢者的合作人就在這裡，找尋賢者的線索，茲克校長一定會有。

「不可能。」龍緋煉不承認，「如果有，我會知道。」

「緋煉，他那些防堵你讀心的法術，你又不是沒有見識過。」格里亞橫了龍緋煉一眼，他這手法術也是賢者教導出來的。

「那傢伙不在這裡，少拿他來壓我。」龍緋煉淡漠又堅定的說，「就算這裡是賢者布置出來的，也不能阻止我對付小鬼二號。」

龍緋煉因為之前的「那些事」，從不相信茲克校長。尤其暮朔曾因為學院的疏失，被光明教會的祭司襲擊而重傷。

龍緋煉對這件事耿耿於懷，自然對整個學院和校長越發沒有好感。

格里亞挫敗的瞪著茲克，「校長你是前輩，不來幫我這個後生小輩嗎？」

「什麼前輩？」茲克校長翻翻白眼，「你們聖域的問題我沒辦法插手，你還是自己想辦法吧！」

「嘖，小心賢者回來第一件事就是把你開除。」格里亞想暴走了。

「我看他會先把你毒打一頓。」茲克聳肩，從懷中拿出一片白色玉珮，「賢者的信物，給你的。」

說完，他將玉珮拋給了格里亞。

「給我這個做什麼？」格里亞困惑的看著玉珮。

「你問我，還不如問賢者。」茲克兩手一攤，「他失蹤前把這東西交給我，說是要給你的。」

格里亞聞言，將玉珮收下，「緋煉這件事，你就幫一下吧！」

「好。」茲克指著瑟依和青路，對龍緋煉道：「你要殺他們？」

龍緋煉沒有回答，只是瞇起眼睛看向茲克。

「這兩人做了什麼讓你想要痛下殺手的行為？」

「他們知道一點小祕密。」格里亞搶答，「就賢者的私事唄。」

格里亞知道，茲克沒有從賢者那裡知道「繼承人」之事，就用這方式告訴茲克事情的嚴重性。

「你們怎麼知道的，他們說的？」茲克皺起眉頭，不會這麼傻吧？

「沒呀，緋煉讀心讀出來的。」格里亞嘆氣。

龍緋煉的讀心威力，所有聖域居民皆是有目共睹。

「這個人會這麼神奇的能力？」茲克反而抱持懷疑，「所以他說的全是對的？」

「嗯。」格里亞點頭。

「你們不怕他借用這種方式欺騙你們？」茲克不敢置信。

瞬間，格里亞嘴巴張成「O」型，一時說不出話。

對呀，沒憑沒據的，龍緋煉又怎麼能對銀狼族人動手？

當時暮朔和他都在，瑟依出現，與暮朔對話時，瑟依什麼都沒有說，龍緋煉從瑟依的心裡讀出訊息，之後就將暮朔拉走。

但內容是什麼？

龍緋煉沒有明說，只是說，他們知道暮朔的祕密。

以那時聖域流傳出賢者繼承人消息時，有不少人是「真的」斷定暮朔就是繼承人。

或許，瑟依和青路就是屬於這一類的人。

如果是這樣，那龍緋煉還真的冤枉疑雁了。

龍緋煉沒有想過，對方早就知道暮朔是繼承人的話，會不會有可能是他自己無意識做出讓對方懷疑的舉動？

如同過去的賢者，龍緋煉對暮朔的關心在水世界裡就有明顯的差距。

在外人的眼中，暮朔就是龍夜，龍夜還是龍夜，他們是同一個人，不是分開的個體。

龍緋煉對待暮朔和龍夜的態度是不同的，天下哪有不透風的牆，就算小心翼翼，還是有被人識破的可能。

更何況這裡是水世界挪亞，聖域的中繼站，在這裡往來、躲藏的聖域居民無法估算。

「我想問問，你們有從疑雁那裡聽說過什麼嗎？」格里亞保險起見，暗自撤掉那個針對龍緋煉的法術，先問瑟依和青路。

「少主沒有說。」青路搖頭，「我們的目的是找尋賢者，沒有其他的。」

「你呢？」格里亞接著又問瑟依。

「族長要我找出賢者，幫助少主。」瑟依毫不猶豫的回答。

格里亞再將目光轉移到龍緋煉身上，眨了眨黑色的眼眸。

「如何？真還是假？」

龍緋煉緊閉著唇，沒有說話，他從那兩人的內心裡聽不出虛假。

「緋煉，該認錯的時候，要認錯，別讓我使用無領的規章對付你。」格里亞發出警告。

結論是，出錯的是龍緋煉，銀狼族人根本是把暮朔當成龍夜，把他們看成同一個人，對於一體雙魂的祕密毫不知情，只認定對方是賢者繼承人。

「放過他們可以。」終於，龍緋煉做出決定，「但我還是不會放棄。」

在事情沒有發展到最壞的情況之前，他堅持要殺死疑雁。

說完，龍緋煉直接走出校長室，驅動結界離開雲華館。

「哎呀呀。」格里亞手摀著眼，無比頭痛，「結果還是一樣。」

「自己解決。」校長沒心沒肺的說：「搞定了再告訴我，他們還欠我一項任務。」

「知道了。」

格里亞轉頭看向瑟依和青路，「你們可以走了。」

「可是少主……」青路擔憂不知躲到哪裡去的疑雁。

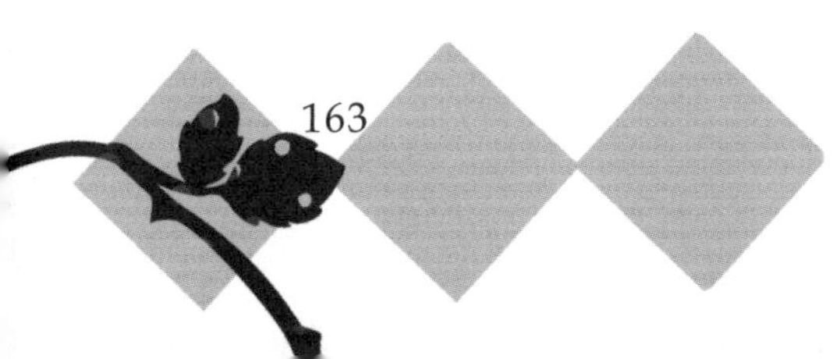

「我決定要幫你們，就不要說些有的沒的，很煩。」

「你是龍緋煉那一掛的，要我怎麼相信？」瑟依嗤笑。

「我是無領地界的人，我說交給我就交給我，囉唆什麼！」格里亞比他更不滿。

茲克校長點頭附和，「這點你們可以放心。就算不願意相信他，也該相信我吧？我可不希望我的學院招牌就這樣砸掉。」

「為什麼連校長你都這麼說？」格里亞像是被踩到尾巴的貓，「小心我辭了護衛隊的工作。」

「歡迎、歡迎，你辭了我也輕鬆。」校長順水推舟的說。

雖然格里亞是歷代護衛隊隊長裡最優秀的一位，但同時也是被院生投訴、惹事最多的。要不是格里亞的辦事效率非常好，讓他「兩害相權取其輕」，選擇無視那些投訴的話，他早就不管他是不是賢者的人，直接將他辭退。

「就算是無領地界的人，你也沒這權限。」青路想了想，還是把他的真正疑慮說出。

無領的人也是有階級之分，最高階級就是賢者，青路很了解，他們與龍緋煉之間的糾紛，不是一般無領的人可以解決。

以往那些高階級的人，在賢者失蹤後，統統像是人間蒸發，找不到了。

「哦，這一點，我確定我有。」格里亞隨意的點頭。

「不信。」青路知道的高階者名字裡，沒有一個叫「風‧格里亞」。

格里亞嘴角緩緩上揚，走到青路的身旁，用扇子遮住嘴，在青路的耳邊低喃。

隨著格里亞的話，青路的雙眸瞠得圓大。

「如何，這樣可以嗎？」格里亞收起摺扇，奸笑兩聲。

青路用力點頭，如果是這樣，他們銀狼族的少主就有救了。

「你們說了什麼？」瑟依皺眉，格里亞和青路之間的對話他沒有聽見。

「沒有，你這校外人士還不快點跟我離開。」

青路心知瑟依藏不住祕密，加上他不是楓林學院的院生，他們還是先離開學院，以免招惹其他麻煩。

「……」

瑟依瞪了他幾眼，還是決定同進同出的跟著邁步。

「欸，你們！」格里亞喊住青路和瑟依。

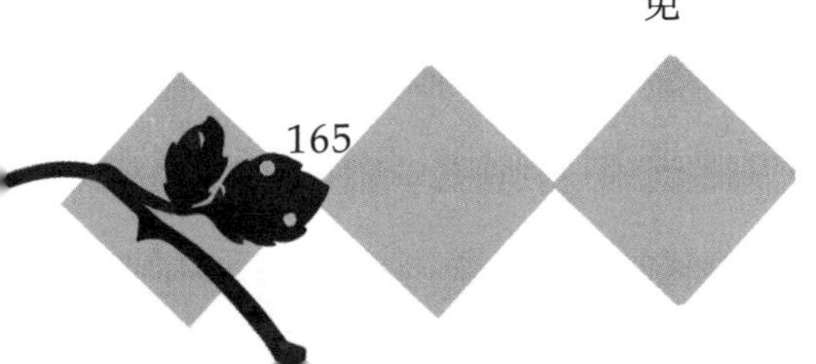

青路聽到聲音，反射性的回頭。

格里亞拋出一顆傳送晶石，「用這個離開。」

青路抬手接住，朝格里亞微微點頭，表示感謝。然後，他使用傳送晶石，和瑟依一起離開楓林學院。

「送走瘟神了？」茲克校長見狀，悠哉的問：「你說了什麼，讓他們甘願離開。」

格里亞回答的爽快，「只是把在聖域時使用的名字報出去。」

茲克校長點點頭，對格里亞的回答顯得不意外。

「雖然那兩個你搞定了，最重要的那位你打算怎麼處理？」

「祕密。」格里亞伸了個懶腰，「對了，在我處理完這件事之前，不要給我任務。」

茲克校長答應的很快，「沒關係，到時候累積下來，你再慢慢完成。」

格里亞頓時無語，楓林學院到底有多少件任務沒有處理？

怎麼從他進入學院護衛隊，晉升到隊長後，工作只有多，沒有少。

「知道了，超過五十件可以先跟我說。」

為了防止自己會過勞死，格里亞還是做了任務的累積底線。

「這個嘛，現在已經有四十七件，還差三件就額滿。」

格里亞瞪了校長一眼，「不管，這四十七件全交給席多和涅可洛可。」

格里亞說完，疑似逃走的彈出傳送法陣，立刻離開校長室。

原本以為，回到宿舍房間就解放了。

龍夜沒有想到，回到宿舍205號房後，根本沒有休息的時間。

今天剛好他那兩名室友利拉耶和賽洛斯閒到發慌，居然在整理房間。

當然，整理的目標是賽洛斯的書堆。

因為利拉耶發現，他那位愛書成癡的好朋友，又跑出去買書了。

「賽洛！藏藏藏，你再給我藏啊，小心我把你的書統統清到圖書館去。」

利拉耶從天花板、盥洗室、床底下，搜出一本又一本的書。

其實，一般書籍他不會發這麼大的火，他會生氣的原因在於——

「第三本。」龍夜整理賽洛斯的書堆，拿出第三本一模一樣的書，擺放在一起。

「唉，前兩本髒了。」賽洛斯被利拉耶趕到窗戶邊，眼巴巴看著利拉耶和龍夜動他的寶貝書。

「潔癖。」利拉耶賞了賽洛斯一記銳利眼刀。

賽洛斯有個不為人知的毛病，就是借來的書無所謂，只要是他買的就不可以弄髒、不可以有任何的摺痕，只要有上述兩種狀況，就會重新買一本。

「小夜你去翻他的收納袋。」利拉耶瞪著賽洛斯不放。

「啊！」賽洛斯後悔的哀鳴。

利拉耶單手握拳，他猜中了，立刻朝龍夜看去。

龍夜見狀，拿過賽洛斯的收納袋，把裡面的物品全部倒了出來。

瞬間，龍夜被一疊又一疊的書掩埋……

「賽洛斯。」利拉耶抓狂的大吼：「這些書都給我拿出去賣！」

這是龍夜一回到宿舍就發生的小插曲。

兵荒馬亂？

不不不，那不足以形容。

世界大戰？

唔，似乎誇張了一點，參戰方其實不多。

總之，就是利拉耶跟賽洛斯為了留書跟賣書的戰鬥，十分激烈的互相拉鋸。

好不容易，利拉耶大舉獲勝，逼著戰敗方賽洛斯簽下不平等條約。

然後，龍夜的室友們外出中，據說是賣書去了？

留下來顧房間的龍夜，遠離允許被留下的書山，一邊翻看手上的書。

「賽洛斯的書好多。」

龍夜此時在看的書籍，是有關武鬥士歷史的。

原本這本書也要被利拉耶帶去賣，但龍夜記得暮朔對武鬥士很有興趣，就要下了這本。

『嗯。』暮朔催促道：『翻下一頁。』

「喔。」龍夜翻頁，「暮朔，我們這麼做是不是不太好？」

疑雁的事沒處理完，他們就在房間裡悠哉看書，好像不太對。

感覺有一件重要的事沒有完成，是什麼呢？龍夜歪著頭想。

「扣扣。」

正當龍夜思索之際，房門傳來敲擊聲。

「門沒關。」龍夜對著門口大喊。

「小助手，你很悠哉啊？」

冰冷的嗓音硬生生傳入龍夜的耳中。

龍夜聽到聲音，立刻跳起來，「格、格里亞先生。」

「工作完成沒？」格里亞推開門，慢慢走了進來。

「這這這……」龍夜不知道該怎麼回答，他哪知道暮朔是用什麼理由讓格里亞交出情報組織分布圖。

格里亞朝他攤開了手掌。

「把文件還來。」

「好。」龍夜把文件遞交給格里亞，有點緊張的說：「格里亞先生，我有一件事情要拜託您。」

「什麼事？」格里亞收起文件。

「我有私事要處理，您那邊的工作，我可以暫時緩一下嗎？」

「這個嘛……」

格里亞打開摺扇，臉色十分複雜，露出天人交戰的模樣。

「呃，如果格里亞先生覺得很為難，我是可以繼續工作。」

「小助手，不、不對，唉……」格里亞嘆氣，猶豫了很久，「暮朔醒著嗎？我有事找他。」

這是沒辦法中的辦法，既然銀狼族那邊的人已經知道他的身分，龍夜這邊遲早也會知道，那他還不如先行公開。

只是這話一出，龍夜愣住了。

同時，剛好來房間找龍夜的龍月也聽到這句話，跟著一起傻站在原地。

格里亞側著身朝龍月看去，二話不說，將他拉入房間，並將門關上。

龍月一看格里亞急著關門，戒備的問：「你是誰？」

「哼，要不是那隻銀狼族小鬼出狀況，我不會讓你們知道。」格里亞聳肩，指著自己道：「聖域，無領地界。」

「你是賢者的人？」龍月有些懷疑。記得他的指導者提過，無領地界出身的人都是賢

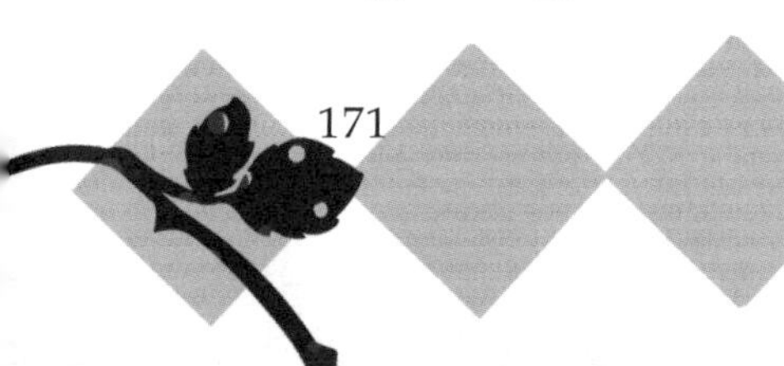

者那邊的人，不屬於聖域三族。

『發生什麼事？』這突來的事態，讓暮朔迷惑。

格里亞居然會對龍夜和龍月道出自己的身分，他是瘋了不成？

還好他家弟弟已經驚駭到腦袋自動關掉，什麼都無法反應。

他會這麼說，是因為龍夜現在處於聽到他的話，沒問原因，便自動轉述。

「發生什麼事？」龍夜呆呆的重複著。

看吧，已經進入無腦作業了，自家弟弟好可怕，呆蠢到讓暮朔絕望。

「沒什麼，只是緋煉跟銀狼族、土地神的人打起來，我出手阻止。」格里亞輕描淡寫。

「然後？」龍夜繼續不經思索的幫暮朔傳話。

「然後？我說服不了緋煉，只好抓著緋煉跟銀狼族的人去找校長。」

格里亞抓了抓頭髮，一臉無奈。

「找那個老頭做什麼？」龍夜怕格里亞不清楚暮朔說的人是誰，補充道：「呃，暮朔說的老頭是指校長。」

該恭喜嗎？自家弟弟這麼幾句話的時間就回過神。暮朔很受傷的想。

「校長是賢者的合作人，費了我一番功夫，才讓緋煉決定不找銀狼族的那兩人麻煩。」

「疑雁呢？」龍夜繼續幫暮朔發話。

格里亞看了龍夜一眼，唇抿了抿，「好吧，我們開門見山的說，那隻狼族小鬼，緋煉還是要殺。」

此話一出，寂靜包圍了整個房間。

「你真的是賢者那方的人？」過了很久，龍月忍不住再問一次。

「當然。」格里亞很肯定。

「那你使用的魔法其實是法術？」龍月想到格里亞治療暮朔的那一次，「既然你是聖域居民，為什麼先前不跟我們說？」

同時龍月也想到，如果沒有疑雁這件事，格里亞要到什麼時候才會說出身分？

「說啥？」格里亞晃了晃摺扇，「有歷練過一遍的小鬼不知道原因？」

「隨口問問。」龍月橫了格里亞一眼，「我只是想要知道你是抱著什麼心態跟我們說出你的身分。」

從格里亞適才所說的話，和龍夜轉達的話中聽來，他不止認識暮朔，連龍緋煉也很熟。

看來，格里亞先前遇到他們的時候，演戲演很大，居然被龍夜誤認為是被龍緋煉坑害的好人，結果，這一切都是騙局。

「因為疑雁小鬼，我擔心銀狼族與龍族全面開戰。」格里亞是被逼的。

一切都是不得已的，能不公布身分，他當然不要公布。

問題是事態刻不容緩，他無法等到晚上暮朔出來！如果真等到那個時間，說不定要替疑雁收屍，然後等著銀狼族與龍族大打出手。

格里亞心知他已經找不到任何方法阻止龍緋煉，只好厚著臉皮找暮朔求救，既然賢者繼承人認為疑雁應該留下，一定有什麼特別原因。

現在他只能相信暮朔的直覺了。

只是，龍月不想相信格里亞。

畢竟龍緋煉不在這裡，又沒有證明，誰會相信他的話。

而且，格里亞會治癒靈魂的魔法，說不定是暮朔想要利用格里亞做某種事情，就直接跟他道出自己的身分，用這種方式讓格里亞與他合作，還為了以防萬一，準備好讓格里亞使用的臺詞，讓其他人對他所說的話無法反駁。

「暮朔，老實跟我說，知道你存在的人到底有多少？」

這是龍月看到格里亞、聽到他說的話後，非常想要知道的一件事。

龍夜到底被隱瞞了多少，又被欺騙了多少？

他不得不說，龍夜這位哥哥大人本身就是一個大謎團。

從以前到現在，龍夜都沒有真正瞭解過暮朔。

封閉的木盒

街道上，銀髮少年低頭看著突然停下腳步，並當場坐下的雪白色小狼。

「怎麼了？冰狼。」

面對寵物不識相的在大庭廣眾之下，要賴的坐在原地不走，平常的人早就把寵物抱起離開。

疑雁卻只是停步，專注且認真的問著冰狼。

同樣，冰狼也抬起頭，看著自己的主人，像在回答。

他們一人一寵就在街上互相對看，而街上的路人像是沒有看到這種詭異狀況，紛紛自動從他們身旁閃過，疑雁宛如身在另一個空間，銀色的雙眸只注視著冰狼。

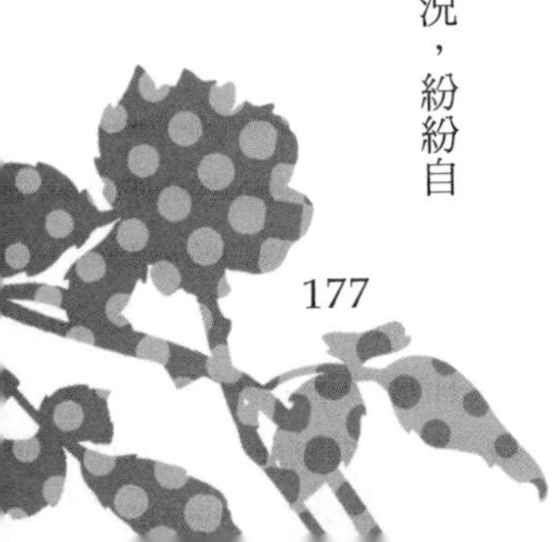

過了許久，疑雁終於說話。

「要去哪裡？」

這是疑問句。

他眼前的雪白色小狼眨了眨黑色的眼睛，像是在回答疑雁，還晃動一下尾巴。

瞬間，疑雁眼前的畫面出現變化，他看到影會的根據地變成燒焦的廢墟，也看到龍緋煉、銀狼族人，還有一名他不認識的人大打出手，最後看到格里亞出來，使用傳送魔法將另外兩名銀狼族人以及龍緋煉帶走。

「剛才發生的？」

冰狼點點頭，似乎在回答疑雁。

然後疑雁又看到，學院內，茲克校長與格里亞對著龍緋煉和瑟依、青路說話。

只是不知道他們的談話內容，唯一知道的，是最後瑟依和青路離開了學院，回到影會的根據地，瑟依頭痛的看著毀掉的根據地，青路像是在安慰他，對他說了很多話。

「我要過去？」

冰狼沒有反應，只是靜靜看著疑雁。

「我要去哪裡？」

冰狼發出嗚聲，尾巴尖端朝疑雁比了好幾下。

「隨便我？」

疑雁抬起頭，目光朝某一處看去。

這時，冰狼又晃了一下尾巴，頭低了下來。

「我要去看看狀況。」

疑雁轉動眼珠，看回冰狼，「現在，還是等一下？」

冰狼聞言，站了起來，轉過身，往反方向走去。

疑雁見狀，沒有任何疑問，踩著緩慢的腳步，跟著自己的小寵物移動。

「好麻煩，直接讓暮朔說明好了。」

格里亞嫌龍夜傳話太慢，可能無法將暮朔的話完整說出，他摸了摸口袋，拿出一張符紙，將它往上一拋，符紙瞬間被火焰焚燒，化成灰煙。

那是暮朔交給格里亞的符紙，可能是龍緋煉建議的三方對談給了他靈感，就做出這樣的符紙送給格里亞，方便以後談話使用。

「好了，這樣的話，在這個房間裡，暮朔的話大家都能聽見了。」格里亞滿意的打開摺扇。

『你是故意的嗎？』暮朔受不了。

他一開口，龍月就把目光移動到龍夜身上，暮朔的話他聽見了。

「暮朔，這問題你一定要回答我。」龍月很認真，「你不准夜把雙魂祕密說出去，那你呢？你跟多少人說了？」

這是公平性的問題。

從龍夜進行歷練開始，龍月就想問暮朔，龍緋煉為什麼會知道暮朔的事情，如果是龍夜的父親告知龍緋煉那就算了，但龍夜找他當隨行者的時候說過，龍緋煉是暮朔認識的人，因為他們認識，也知道他們兄弟的狀況，才會找他當指導者。

龍月很納悶，暮朔不希望龍夜說出祕密，讓外人知道他的存在，卻又在結交朋友的時候，將祕密說出來，這對龍夜不公平，同樣是祕密，為什麼暮朔可以說，龍夜就不行。

『我沒有跟人說過這件事，你的問題沒有意義。』暮朔回答。

「那緋煉大人和格里亞怎麼會知道？」

『唉，風不是說了他是無領的人？他會知道，自然是賢者說的。』

龍月皺眉，先前他的指導者說的傳言果然是真的？不然，暮朔認識的人怎麼都與賢者有關。

「暮朔，事情處理完，你一定要給我說清楚、講明白。」

『麻煩。』暮朔只回了這句。

「那些現在不重要，重要的是，有沒有其他方法可以讓銀狼族小鬼順利逃離緋煉的魔掌。」格里亞有些焦躁，「現在直覺什麼的都沒用，證據，我需要證據，一個可以讓緋煉停手的證據。」

這讓暮朔頭痛了，要他拿出證據，哪裡有？

總不能要疑雁違抗禁言契約，當場送命給龍緋煉看。

這樣一來，疑雁最後的結果還是死。

「證據嗎？」龍夜也幫忙思考。

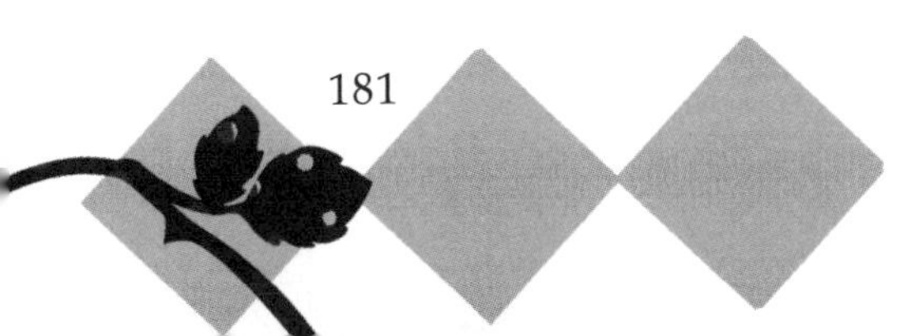

「暮朔，疑雁小鬼的目的是找尋賢者，跟你們一樣，那你們有信物嗎？」格里亞問。

以賢者的個性來說，對於己方的人，一定有可以互相辨識的信物。

如果暮朔這邊持有信物，疑雁那邊也可能會有，只要他叫疑雁拿出信物，或許可以阻止龍緋煉了。

『我沒有。』暮朔不記得有這種東西。

他離開聖域時，只帶了一些隨身物品，那些都是鍛造用的器具。

「好、好像有。」龍夜努力思考，最後吐出懷疑的話。

「有嗎？」龍月訝異的看向他。

「離開聖域的前一個晚上，父親有給我一個木盒，那個盒子找不到打開的方法。」龍夜把床上的枕頭掀開，將擱置在枕頭底下的木盒拿出，給所有人看。

「這不是確定入學的那一晚，你拿出來的怪東西？」龍月一看到盒子，就想起來了。

「嗯。」龍夜用雙手捧著木盒，「暮朔也說他打不開。」

『拜託，我那時候是回你沒研究，不是打不開。』暮朔否定這番話。

在龍夜拿出的那一晚，他就已經將木盒打開了，他記得裡面放著一個略顯破爛的卷軸，他沒有打開來看，就將木盒給重新封上。

他那時會封回去，是想要某天無聊時，當著龍夜的面打開，看他露出吃驚的模樣。

只是之後他們在學院發生太多事情，導致龍夜沒有時間繼續研究木盒。

不過，暮朔認為，龍夜說不定早就忘記有木盒存在了。

「這東西給我看看。」格里亞朝龍夜的方向勾了勾手指。

龍夜將盒子遞過去，「格里亞先生，這上面有封印咒文，用法術是打不開的。」

說著，他拿出一張符紙，朝格里亞手中的木盒打去，木盒感應到法術波動，閃現出小小的數條封印紋路。

「這是一般的封印咒文。」格里亞轉動手中的木盒，仔細端詳顯現在木盒邊緣的法術紋路。

「所以不是信物？」龍月打量著木盒。

『應該不是。』暮朔是這麼想的，『如果是信物，根本不需要大費周章的封印起來。』

格里亞拿著木盒的手抖了一下，偏首看向龍夜，卻是對著暮朔說話：「如果是我，一定會確定封印的很嚴實，找個人轉交，絕對不會直接交給你。」

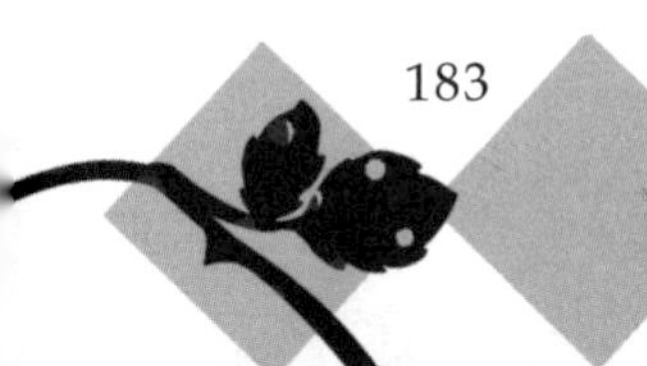

『為什麼？』暮朔為此不滿，他像是無法信任的人嗎？

「因為你會毀掉，既然如此，還不如不要讓你知道。」格里亞很認真。

『啊哈哈哈。』暮朔乾笑。

好吧，他會毀掉，因為他不認為可以找到賢者，信物什麼的自然不需要。

不過，格里亞也太小看他了，他早就知道盒內的物品是什麼。

那個卷軸是不能當作信物的吧？

不過，木盒在格里亞的手中，他也不能偷偷解開封回去的木盒封印。

還好當時他施展的是一般的障壁術，只要仔細觀察，就可以發現法術痕跡。

「我看看這東西怎麼打開。」

格里亞瞇眼仔細觀察，發現木盒有被人額外施展法術的痕跡，他抬手，彈指解開附著在木盒上的法術。

法術啪的解開，暮朔暗中注意盒子，發現格里亞揪緊雙眉，似乎看到了什麼。

『盒子打開了？』暮朔忍住急躁，放緩語調發問。

「不。」格里亞單手捧著木盒，用摺扇敲了敲盒身，苦惱道：「原本想說解開外圍法術就可以把盒子打開，結果這東西還是一樣，封得好好的。」

暮朔瞬間懷疑了一下，他聽到什麼？

「雙層的法術嗎？」龍月沒有專門研究過法術，只能推測道。

「不，比較像是多此一舉，給人添麻煩而已。」格里亞苦笑，指著木盒一側的四角道：「那個法術設置在這四個點，我以為解開法術就可以打開，看來是我想太多了。」

「咦？我拿到木盒時，沒有看到盒上有格里亞先生說的法術痕跡耶！」龍夜很納悶。

「這我就不知道了。」

格里亞刻意偏離龍夜的視線，解除法術時，他有注意到法術波動的主人是暮朔，盒上外圍的四點法術擺明是暮朔的傑作。

暮朔聽著他們七嘴八舌的討論，卻是無法置信，這怎麼可能！

暮朔佯裝冷靜的對格里亞道：『木盒給我看看。』

「還沒晚上，你要怎麼看？」格里亞翻了翻白眼，將木盒拋給龍夜。

龍夜趕緊抬手接住，木盒落入他的雙掌之中。

「暮朔你要看哪裡？」龍夜拿著木盒，讓暮朔透過他的雙眼觀察木盒。

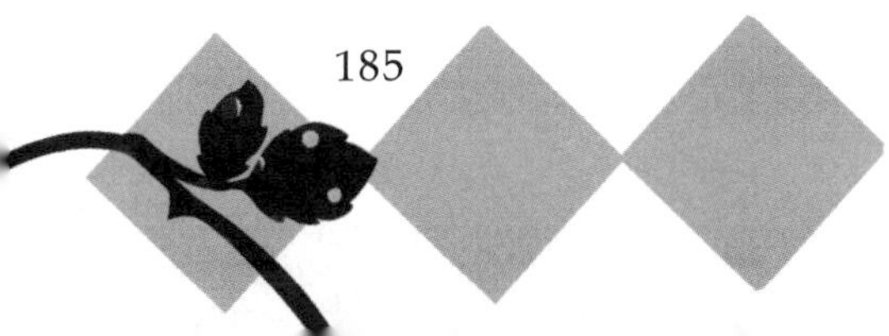

『慢慢轉動木盒給我看。』

龍夜照著暮朔的話，開始轉動木盒，轉到某一面時，暮朔喊停。

『刺這一面的四角。』

龍夜的手頓時停下，使用法術朝盒上四角刺去，只是他的法術一碰到木盒，木盒外側的封印結界再度發亮，將法術給抵銷掉。

「……沒用。」龍夜的手當場僵住，有些吃驚。

他以為哥哥大人出手，這個盒子鐵定能解開呢！

『怎麼會沒用？』暮朔發出只有自己可以聽到的低喃。

這個木盒他明明有打開過，為什麼現在會打不開？

『算了，我們先去找疑雁小鬼。』暮朔逃避的開口。

木盒的問題暫且擱著，還是先去找流落在外的疑雁，再想該怎麼處理。

只是這樣問題來了，他們要去哪裡找疑雁？

「暮朔……」

龍夜苦著一張臉，他不知道去哪找人的。

一邊哀求哥哥大人接手，龍夜順手把木盒放入收納袋裡。

『煩死了，晚上、晚上，等晚上啦！』暮朔吶喊：『晚上一到你就馬上睡覺！』

言下之意，是找尋疑雁的工作交給他。

在龍夜醒著的狀況下，他無法出來找人，現在他們真要等到晚上暮朔出現，才可以去把那隻狼族小鬼給找出來。

「只能這樣了。」格里亞打個呵欠，「暮朔，晚上到了再聯絡我，我先去補眠。」

說完，他對龍夜等人揮了揮手，直接離開205號房。

龍夜看著格里亞走得超快、走得讓人沒有反應的時間，呆掉。

『我也是，晚上一到再叫我起床。』

同樣，暮朔切斷聯繫，去睡他的覺。

面對格里亞走得瀟灑、暮朔說睡就睡，龍夜頓時迷茫了。

沒有義氣！

龍夜內心罵著，以為暮朔聽到會回話。

他錯了，暮朔是真的跑去睡，完全沒有回應。

格里亞走了、暮朔睡了，龍月看著205號房，他也該離開了。

「那我也……」他話說到一半。

龍夜用可憐兮兮的眼神看向龍月，希望他可以留下。

「夜，你是不是忘記了？」

龍月拒絕成了習慣，一看到他別有所求，臉色拉下，板起一張臉。

「我沒忘記。」龍夜無奈的放聲大喊，「你們突然闖到我的房間，講了一大堆事，讓我的腦袋超過負荷，又突然一下子走光，這樣要我一個人怎麼熬到晚上！」

現在要他乖乖看書到晚上，再和暮朔交換，他辦不到，會胡思亂想的。

「在暮朔可以行動前，所有事情都停擺了。」龍月說著，安撫般的走到龍夜身前。

這次不一樣，他不算是幫忙，頂多是……陪聊？

「月，你知道什麼是賢者嗎？」龍夜終於逮著人可以問。

經過格里亞和暮朔的一連串討論，他對「賢者」很好奇的。

只是他不明白，被稱為賢者的人和暮朔有什麼關聯？為什麼暮朔認識的人都與這個人有關？

他知道暮朔不會說，只能問龍月了。

「我不太清楚。」龍月兩手一攤，「我只是聽指導者提過，詳細的可能要問暮朔。」

「那你知道他是誰嗎？」龍夜眨了眨眼，「他很厲害嗎？很偉大嗎？」

面對好奇寶寶模式全開的龍夜，龍月不知道該不該回答。

如果他說錯話，事後一定會被暮朔他們給滅掉的。

「賢者是無領地界的主人，身分大概跟聖域三族的族長一樣。」

淡淡的嗓音從沒關的房門傳入，聽來有點熟悉？

龍夜朝門口望去，看到一隻雪白色小狼率先進入房間，再來是隨後走入的銀髮少年。

「疑雁！」龍夜驚呼。

疑雁淡淡點頭回應，順手將門關上。

「你不是在逃難嗎？」龍月一時之間，差點說不出話來。

他們預定晚上要找的人，居然送上門來了。

「冰狼要我來找你們。」

疑雁走到冰狼身旁，自行坐到龍夜的床上，將冰狼抱起，放置在自己的腿上，「剛好聽到你們談論賢者，夜師父想要知道賢者？」

龍夜點頭，眾人皆知的事，只有他不知道，讓他有些受挫。

「夜師父，你還記得聖域的傳送法陣？」

「記得。」龍夜點頭。

那裡是他和疑雁大打出手，最後讓疑雁成為他徒弟的地方。

「那裡就是無領地界。」疑雁一邊摸著冰狼，一邊說明。

「咦？格里亞先生就住在那裡？」龍夜不敢相信。

疑雁聞言，不解的看著他，「格里亞？」

「格里亞是無領的人，這是我們剛才知道的。」龍月補充。

「了解。」疑雁點點頭。

龍月反而困惑了，他不明白疑雁了解什麼。

疑雁像是知道龍月的疑問，「賢者一失蹤，無領的居民有些不見了。」

這也是至今尚未找到賢者的主要原因之一。

最有可能知道賢者下落的那幾個高階級的人，全都不見了，其餘的無領居民則是一問三不知，自稱階位不夠高，不夠地位去知道賢者的事情，讓其他聖域族人想找也不知該如何找起。

至於高階級的無領居民消失的原因，三族的人也算心裡有數。

畢竟那些人裡有不少身分很尷尬，少了賢者的庇佑，只怕有心人會動手把他們處理掉。

除了因此而消失的，有部分則是可能知道賢者的去向，才跟著離開。

不知道格里亞是哪一種？

疑雁稍微想了一下。

「無領算是聖域第四族吧？為什麼你們要找賢者？」龍夜有些好奇。

還好他以前在聖域看的書多，記得聖域三族幾乎是不相往來，甚至有敵對的趨勢，他們都盡量不與非同族的人接觸，但他從疑雁的話中發現，身為無領地界之主的賢者似乎很吃得開，好像聖域三族的人都認識。

面對聖域的第四族群，龍夜還真的摸不著頭緒，更別說這是他活了十四個年頭，第一

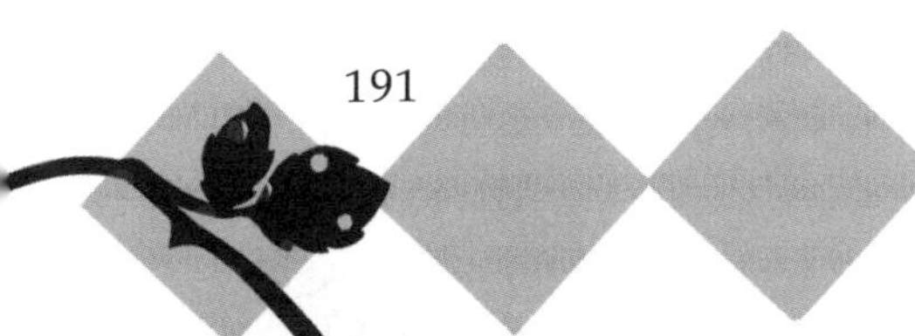

次知道聖域有無領地界、有賢者。

「第四族？不是的。」疑雁搖了搖頭。

「賢者是聖域賢者，是『個人』的身分，與族群無關。無領本身是無人管轄的區域，以前被當成廢棄場，三族捨棄的族民就丟到那裡，之後賢者插手管理，就變成賢者所屬，之後賢者又多了『無領賢者』的稱呼，但只要知道原因的人，還是會稱呼賢者為聖域賢者。」

「聖域賢者？」

龍夜和龍月異口同聲發問。

疑雁看著同樣疑惑的龍夜和龍月，說出讓他們驚愕的話。

「對，賢者是負責管理聖域三族的人，他的權限比三族族長要大。」

所以繼承人之位，才會被人覬覦。

賢者是全知全能的存在，他所培養的繼承人在未來會繼承他的位置，處理每一件屬於聖域的衝突事件，這是聖域賢者必須中立的原因，他不能偏袒任何一方。

這也是格里亞認為龍緋煉的所作所為會演變成兩族戰爭，就決定插手的關鍵。

「所以我們要找到賢者。」疑雁真誠的說。

「為什麼？」龍月不明白。

銀狼族本身不喜歡被人束縛，疑雁為什麼執著要找到賢者？

疑雁將目光移向寵物，被他抱著的冰狼。

「平衡。」他決定說謊，不想把銀狼族人找尋賢者的主因說出。

「什麼平衡？」龍月嗅出一絲不對勁。

「賢者失蹤之後，聖域亂了，你不知道嗎？」

疑雁皺眉，深深懷疑龍月是從深山裡出來的，居然不知道賢者的離開對聖域的打擊有多大。

如果拿水世界的現狀比喻，賢者是神明、繼承人是聖物；神明失蹤了，連聖物都沒有留下，面對所有力量屬性，以及元素都不可以使用的情況，所有的居民只能等死。

當然，賢者的消失，因為有大部分無領居民留下善後跟維持局面的關係，暫且沒有發展到這麼嚴重，可是隨著賢者失蹤的時間增加，三族間越來越有動亂傾軋的跡象。

「真抱歉，我以前是住在山上的。」龍月橫了疑雁一眼。

他被族人捨棄，從小就被軟禁在偏僻的山裡，要不是他的親生父親真心想要他這個兒子，他早就死在山上，更別說可以藉著歷練在外學習兼補回他應該要知道的聖域知識，雖然很多比較內幕的消息無法得知，但對他來說也夠了。

「好吧，那我說明一下。」

疑雁點點頭，沒有多說什麼，開始細說一下賢者的相關消息。

龍夜和龍月聽著疑雁的說明，越聽越懷疑銀狼族是不是賢者的信奉者，他們對賢者的事蹟還真熱衷，知道的真多。

『說錯了。』

暮朔的發言猛地傳來，龍夜嚇了一跳，明明說要去睡覺的暮朔居然起床了！

「暮朔你不是在睡覺？」龍夜呆呆的開口。

疑雁還在說著賢者的事蹟，因此而停頓下來，龍月也轉頭看向他。

「我好像聽見暮朔師父的聲音？」疑雁質疑著。

「前面格里亞燒了一張符，說可以解決溝通的問題。」龍月幫著解釋。

「原來如此。」疑雁點點頭。

龍夜看了看他們，又回到他的問題重點，「暮朔你沒睡嗎？」

『睡了，只是因為要等你叫我起床，所以沒有關掉對你的聯繫。』暮朔打了個呵欠道：『誰知道你的碎碎唸心聲會把我吵醒，醒來就發現疑雁小鬼在這裡。不錯嘛，看到小鬼也不叫我。』

暮朔似乎起床氣發作了，讓龍夜不知道該如何是好。

「你沒有告訴我，疑雁來了要叫你呀！」

『算了，沒差。』暮朔心情頗差的說，『疑雁小鬼說錯了。』

「他說錯什麼？」龍夜一臉迷茫。

「我說錯什麼？」疑雁不解的詢問。

『疑雁小鬼把賢者說的像是很有權力。』暮朔不滿意這部分。

「賢者是維持平衡的人，但實際功用是掌握聖域外出歷練者的下落，其他的事情，賢者並不會插手管理，除非真的太嚴重，嚴重到無領不得不出面，才會派部下前往處理。」

暮朔只說了一部分，其實他想說的是，疑雁只跟龍夜他們說「好」的部分，沒有說「壞」的。

平衡？

暮朔冷冷笑著，如果那些聖域的人會在乎平衡，就不會為了賢者選定繼承人的事，鬥個你死我活，更不會因為賢者繼承人出現，連傳言都沒有確認，就直接對一個小孩子痛下殺手。

要不是為了這些事，龍緋煉不會教授他許多本來學不到的知識。

這得感謝那些人，讓他小的時候就知道現實是殘酷的。

「聽起來，賢者好像是很無聊的職業。」龍月對此下了評語。

猛地一陣睡意襲來，暮朔強忍著睡意，打呵欠道：『是很無聊，但學的東西很多。』

「為什麼賢者要學很多？」龍夜下意識追問。

『因為是無領的主人。』暮朔嘆口氣，『族民囊括三族，不得不學。』

對暮朔來說，這剛好可以學習很多求生技能，同時也可以因為那些知識，研究三族的弱點，讓他可以制衡這三族。

「暮朔你真的知道好多。」龍夜在心中偷偷下了注解，果然是哥哥大人。

『還好。』想睡覺的關係，暮朔懶得調侃弟弟說其實是他太笨，不是自己知道得多。

「暮朔，你為什麼會認識那些人？」龍夜記得在聖域的時候，暮朔都是等他睡著了才交換出來，應該沒有多餘的時間與其他人認識才對。

暮朔推託道：『緋煉認識的人多，透過他，我就和賢者那邊的人認識了。』

其實是相反，暮朔是先認識賢者，才認識龍緋煉和其他人。

暮朔不想讓龍夜知道他的身分，賢者的事情讓龍夜知道還沒關係，但他是賢者繼承人的事，一旦讓龍夜知道，一定會聯想到龍緋煉那些不正常反應，甚至可能想起以前見過暮朔死亡。

賢者當時改變了相關者的記憶，讓所有人以為他是出生時死亡，其實不是的，四歲之前，他記得擁有自己身體的實感，四歲之後，他只有感覺到靈魂。

現在他是寄宿在弟弟身體內的房客，也是毀掉龍夜之後人生的禍首。

「是透過緋煉大人認識賢者的相關者？」龍月突然喃喃自語起來。不曉得為什麼，他總覺得暮朔的這番話水分很多。

『你有意見？』暮朔不希望這個話題再說下去，『黃昏了，夜快點去睡。』

暮朔催促著，龍夜看著窗外昏黃的天空。

「是黃昏了，差不多到暮朔可以出來的時間，疑雁你起來吧？」

龍夜揉了揉眼，剛好他為了疑雁的事情奔波了一天，可以趁著晚上好好睡。

疑雁抱著小狼跳下床，把位置讓給龍夜躺下。

很快的，龍夜十分乾脆的把身體使用權讓了出去，一秒就睡得不醒人事。

「小鬼睡得真快。」暮朔一出來，馬上勒索疑雁，「我說疑雁小鬼，這次幫你的話，你要怎麼感謝我？」

疑雁想了想，「回到聖域，繼續當暮朔師父的徒弟。」

暮朔聞言，忍不住翻了翻白眼，「我怕你的族長會殺了我。」

銀狼族的少主被賢者繼承人拐跑，這像話嗎？

「我相信暮朔師父您會想到辦法的。」

「疑雁小鬼，你為什麼要當我徒弟？」暮朔頭痛了。

「暮朔師父是很好的師父，只是夜師父不知道而已。」疑雁誠懇的說。

「別被傳言給騙了。」

暮朔撇了撇嘴，他認為疑雁是因為他是賢者繼承人的傳言，而決定找上他這個靠山，如果真是這樣，他一定要否定到底。

畢竟，他的繼承人身分是不可以曝光的，況且賢者在聖域的大多數傳言都不真實，有人將之神格化，也有人把那當作地位的迷思。

至於疑雁是哪一方，暮朔可以判定，疑雁是前者。

「不，我是說真的。」疑雁認真的舉例，「暮朔師父是不是忘了，夜師父以前常常抱怨您的欺壓案例？」

暮朔頓時不知道該怎麼回答，好吧，那的確可以構成理由。

只要有耳朵的人，聽完龍夜的抱怨，就可以知道是龍夜太笨，才會無法吸收與學習，不是暮朔惡意為難，他是好心好意的。

「能不能活著回到聖域，還是個問題呢！」暮朔冷笑的低語。

他最多只剩下三、四個月的時間，如果找不到賢者，就真的完蛋了。

「暮朔師父，您說什麼？」疑雁沒聽清楚。

暮朔搖頭笑道：「沒有，差不多要叫人來了。」

說完，暮朔使用通訊魔法，通知格里亞，他們可以去找龍緋煉了。

關鍵線索

「疑雁小鬼來了，怎麼不早點通知我？」

格里亞收到暮朔的消息，馬上過來，一看到疑雁，不禁小聲抱怨。

面對格里亞一進入房間，就和自己說出一樣的話，暮朔只能打哈哈笑著。

「暮朔你是故意的？」格里亞語帶懷疑。

「沒有，只是想要問點事情，就沒有先通知你。」

暮朔說著，手腕一抖，拿出一顆改良過的傳送晶石。

「我們先去找緋煉吧！」

話完，暮朔捏碎晶石，召出傳送法陣，將所有人送到龍緋煉所在之處。

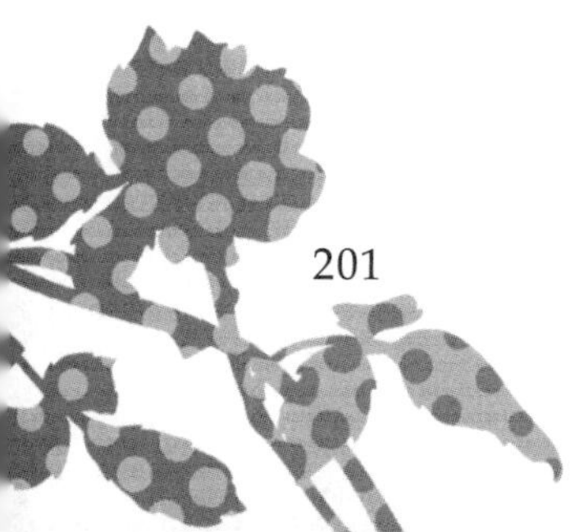

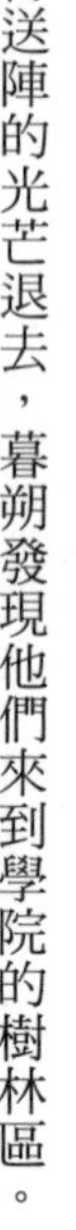

傳送陣的光芒退去，暮朔發現他們來到學院的樹林區。

「嗯？他怎麼會在這裡？」格里亞皺眉不解。

「因為你們會帶小鬼來找我。」

淡漠的發言從格里亞後方傳出，格里亞轉過頭，看著站在身後的龍緋煉。

「緋煉，你當真不會放過疑雁？」格里亞嚴肅發問。

「決定了就不會改。」龍緋煉冷冷的說。

「疑雁小鬼只是要找賢者，你有必要殺他嗎？」暮朔不滿的質疑，「如果是針對一體雙魂而對付他，疑雁小鬼很冤的。」

「不止為了那個。」龍緋煉的重點是，「那小鬼很危險。」

「有多危險？」暮朔準備發動大絕招，「話先說在前頭，疑雁小鬼要是死在你的手上，你以後就別想看到我。」

暮朔是認真的，疑雁保不住的話，他不會再出現在龍緋煉面前，就算龍緋煉找到賢者，他也會躲得遠遠的，寧可死，也不要獲救。

龍緋煉被激怒了，「你是在威脅我嗎？」

暮朔冷哼、點頭，代表肯定。

「暮朔，那小鬼的心我讀不出來。」

龍緋煉無奈之下，決定說出真正的理由，這也是他異常堅持的主因。

「嗯？你說什麼？」格里亞皺眉，是不是聽錯了？

「他的內心空蕩蕩的一片，跟人偶一樣。」龍緋煉哼了一聲，「就算是知道自己有可能小命不保，還是沒有絲毫變化。」

龍月聞言，反射性挪動腳步將暮朔護到背後，面對著疑雁。

從緋煉大人的話聽起來，疑雁簡直像危險分子，需要被防備。

「風，不論發生什麼事，龍月最後還是會幫我的。」

龍緋煉紅眸一轉，看向格里亞，不是炫耀，是提醒。

畢竟他的目的是要保護暮朔，龍月則是想要保護他的朋友龍夜。

於是，不真實的疑雁，不像正常人的疑雁，就變得不能信任。

de mon cher papa et sa mort glorieuse, ce que

「會不會是疑雁帶著什麼特殊物品？」暮朔努力想這麼猜。

「我跟疑雁一起住，他身上沒什麼特定飾品，唯一的例外是——」龍月的目光偏移到小狼身上，可他不認為牠是關鍵。

「要不然就是……」暮朔還在努力掙扎。

「暮朔，疑雁沒有說話。」龍月給出致命一擊。

當龍月知道暮朔的時間所剩不多，卻還是選擇把剩下的時間全部用來訓練龍夜，希望龍夜在沒有他的狀況下可以好好生活，自從那時候開始，龍月就暗下決定，在暮朔所剩無幾的時間內，不論發生任何事，他都不能讓暮朔有任何差池。

「緋煉大人不一定是錯的。」

龍月剛說到這裡，就發現身後的暮朔在移動腳步，趕緊喊道：「暮朔你先等等！」

「等個鬼。」暮朔先踩了龍月的腳後跟，才攻擊他的腹側。

「唔！」龍月摀住腹部，瞬間痛的跪倒在地。

「總之，我的直覺是疑雁可以相信。緋煉，給他個機會，聽聽他怎麼說。」

暮朔說著要求，快步朝疑雁走去，想防止龍緋煉暴起發難。

「好，我給他機會。」龍緋煉同意了，卻彈指發動法術，困住了暮朔。

「定身術。」暮朔能動的剩下嘴，說出龍緋煉施展的法術。

「你先別亂動，不要自己靠近危險對象。」

龍緋煉一面緩緩走向疑雁，一面對暮朔道：「你不是要我聽小鬼二號解釋？沒問題，我現在有非常多的時間和耐心，可以聽他如何解釋。」

疑雁看著走近的龍緋煉，對於問題，他一下子不知道該從何說起，思緒有些混亂，所以他寧可閉嘴，以免不小心說錯話，反而製造麻煩。

「無法回答？」龍緋煉想直接動手了，「再不說出來，我會殺了你。」

疑雁朝暮朔看去，希望他能幫忙拖延一下。

被人這麼威脅，他不是不想說，是不曉得到底要怎麼說！

「你要幫忙嗎？」龍緋煉看向格里亞。

「我讀不出來心聲，說不定你可以偷出記憶。」

一聽到這番話，疑雁的臉霎時變色。

格里亞會偷取記憶，龍月有從龍夜那裡聽說過，但疑雁可沒聽說過，因為萬靈藥一製作完成，他就被族人帶走逃難去了。

「變臉了？」龍緋煉輕笑道：「果然，讀不了心，至少可以偷取記憶。」

疑雁向後挪動腳步，他不能讓那件事被龍緋煉他們知道。

大部分的事他都能交代，但是有件事是他想守住的祕密。

格里亞看著龍緋煉和疑雁，內心天人交戰。

他知道龍緋煉不會騙人，而疑雁心虛的動作他也看在眼裡，現在必須要做出選擇，選擇要偷取疑雁的記憶，確認他是否會危害暮朔；還是要堅持到底，幫忙疑雁這邊。

「風，你想要幫緋煉？」暮朔轉動眼睛，把格里亞複雜的神色收入眼底。

面對他們兩人的逼迫、為難，格里亞第一次知道兩邊不是人的滋味，不論他的決定是什麼，都會得罪另外一方。

格里亞煩躁的抓了抓頭，「不是幫他，我說相信你的直覺，會幫小鬼到底。」

掙扎許久，格里亞還是維持原來決定，不做變動。

「哼，既然讀不到任何的心思，那我就可以當作小鬼二號放棄抵抗了？」龍緋煉繼續壓迫。

「緋煉，疑雁一定有原因的，你聽他說！」

暮朔內心急得直跳腳，偏偏身體無法動彈。龍月倒戈，唯一可以幫他的格里亞卻不堅定，要不是早早答應過自己，以格里亞的個性，肯定會更偏向龍緋煉那邊，認為不解釋的疑雁有問題，需要被偷取記憶好證明清白。

孤立無援。

這是暮朔現在的心情寫照。

其實如今最好的辦法，是讓疑雁自救才對，可是他為什麼不說話？有什麼祕密比生命還要重要？死路一條了，還不掙扎，這是自我放棄了嗎？

龍緋煉從懷中拿出一顆紅色的符石，暮朔見狀，臉色瞬間變得蒼白。

那是龍緋煉的攻擊型符石，攻擊的範圍非常的大。

看來，龍緋煉是真的不想留下活口。

疑雁的小狼嗅出危險的味道，自動跳到主人的身前，全身的毛豎起，發出嗚嚕的戒備聲音。

龍緋煉毫不在意的揚動空著的手，疑雁來不及動作，就被法術給定住。

定身術？疑雁不安的對暮朔投出求救的眼神。

「死小鬼看我做什麼？你師父我連自救都不行，你不能自己解決嗎？」

都到這種時候，疑雁還不開口，暮朔差點氣到吐血。

疑雁不能指望，只好看其他人能不能先頂上。

暮朔憤恨的瞪向已經從地上爬起來的龍月，這位也是他生氣的對象，沒想到才兩三句話而已，龍緋煉就讓龍月動搖了。

就算如此，他得先把徒弟的危機處理掉才行。

「風，幫我解開定身術！」暮朔大喊，這個法術無法自行破解，需要其他人解除。

格里亞是想幫暮朔解開，但是看看目前的狀況，還是維持現狀比較好。

「喂，緋煉哪句話打動你了？」他問龍月。

至於暮朔殺人般的眼神，格里亞心中長嘆，只能假裝沒看到。

龍月想了想，「或許暮朔的堅持是對的，但是緋煉大人的擔心也是有道理的，疑雁死到臨頭，為什麼這麼鎮定？為什麼就是不辯解？是因為篤定暮朔會保護他？還是另有所圖？他越是沉默，越是引人懷疑。」

龍月之前只是懷疑疑雁而已，不打算做什麼的。要不是暮朔反常的對他「先下手為強」，他不會想轉移陣營。

「現在的暮朔太失常了。」龍月越發憂心起來。

聽到這句感想，遠方停頓在疑雁身前的龍緋煉，附和的用力點頭。

「這個，就算你說得沒錯，也用不著站到我們的對立面吧？」格里亞沒有錯過龍緋煉的贊同，卻不能讓事態這樣發展下去的晃了晃摺扇。

「你不怕龍夜因為這件事與你決裂？」

現在的情況是龍緋煉和龍月兩人都認為疑雁有危害性、暮朔變得很奇怪。

格里亞一想到身為禍源的疑雁不願替自己辯解，暮朔這回又死腦筋的不肯讓疑雁出狀況，頭不禁痛了起來。

今天這件事要是處理不好，這一群人鐵定會拆夥。

還好，他的話似乎讓龍月猶豫了。

本來龍月就是因為暮朔的嚴重反常，才傾向龍緋煉，現在一聽格里亞的話，似乎發現自己有些矯枉過正，開始反思起來。

於是，格里亞再接再厲。

「不要被緋煉影響了，我們有的是時間，先慢慢說吧？」

「問題是暮朔跟緋煉大人都反應過度吧？」

龍月苦笑，如格里亞所言，他原本就沒有打算幫助龍緋煉的。

一開始只是因為龍緋煉那席話，反射性想要讓暮朔遠離疑雁，沒想到這個舉動讓暮朔解讀成他被龍緋煉說服，而對他進行攻擊。

格里亞聞言，忍不住翻了翻白眼。

龍月說得沒錯，問題是另外兩個人，和那個玩沉默是金的銀狼族小鬼。

這時，格里亞開始考慮要不要逼那個銀狼族小鬼說話。

動個嘴不就好了？

他們都知道這件事想順利收場不難，只要疑雁肯說出原因。

雖然龍緋煉一直說要宰那隻狼，但因為暮朔在場，他也承諾要給疑雁一次機會，讓他替自己辯白，所以只是站在那裡威嚇，暫時沒有下手。

這可是絕無僅有的救命機會，正常人都會把握的吧？

偏偏，疑雁還是沒有開口。

明明疑雁現在動彈不得，要殺要剮都無力反抗，龍緋煉卻不急在一時，瞧他全身上下散發殺氣，手中的符石緊握而沒有動手，就知道是想逼疑雁開口。

誰叫疑雁的內心讀不出來，而他也不願意幫助龍緋煉進行記憶偷取，對於這種局面，龍緋煉只能選擇用壓力逼迫。

很難說到底受了什麼影響，暮朔一見龍緋煉站到疑雁身前，就無法安心。

「暮朔，緋煉大人曾經說過，我對夜是保護過度，關心則亂。現在我把這句話送給你。」龍月態度嚴肅的說。

他的這番話，讓暮朔很想要找面牆撞過去。

他看起來像是對徒弟過分關心、保護過度的人嗎？

呃，不過仔細想想，好像真是這麼一回事。

暮朔重新整理思緒，忍不住嘆了口長氣。

「疑雁小鬼，定身術沒有定住你的嘴，如果你想要自救，想要回聖域後還是當我的徒弟，就給我開口解釋，說服他們。」

疑雁聞言，定定的目光看向這邊，好半晌沒有反應。

沒想到，他這個舉動惹火了暮朔。

「死人是無法說話的。」暮朔狠狠瞪著疑雁，「如果你還想要我這個師父，現在就給我當著龍緋煉的面說清楚、講明白。」

格里亞終於鬆了口氣，看來暮朔燒到過熱的腦袋開始冷卻了。

「好。」疑雁輕嘆，不得不說了。

只是龍緋煉要他回答的這件事，讓他有些難以啟齒。

「讀心術讀不出來是有原因的。」疑雁把目光放到寵物身上，「我把我的『心』放在冰狼身上。」

「哦？」龍緋煉拿著紅色符石的手，為此緊了一分。

「緋煉，聽他說完。」感覺龍緋煉的殺氣更濃了，格里亞警告道。

被濃厚的殺氣刺激到，疑雁加緊解釋，雖然有些廢話，還是得說。

「我有重要的事需要找賢者，那幾個銀狼族人是不會對暮朔師父不利的，他們也不曉得暮朔師父和夜師父之間的關係，加上暮朔師父的禁言契約，我到現在都沒有與他們說過太深入的話題。」

這一點，如果疑雁的族人在這裡，他們一定是感慨連連。

在他們保護疑雁的這幾天，疑雁一開口就是回去找龍夜解釋，除了這些，真的不曾說出其他的話。

「既然如此，你為什麼要把心放在冰狼身上?你有沒有想過，要是你一開始就不隱瞞，可能連禁言契約都不需要，就讓你加入我們的行列？」

除去疑雁的寵物功用，龍緋煉倒是想聽聽疑雁怎麼解釋。

「因為緋煉大人是賢者的友人。」疑雁不經思索的說著。

「我猜，不論繼承人的事是真是假，只要您讀出我是為了賢者而來，秉持多一事不如少一事的您，一定會在當下把我弄死。為了獲得機會，我能做的是讓您聽不到心聲，這樣才會讓您有所顧忌，不把事情做絕。」

龍緋煉微微點頭，沒錯，他是會那麼做。

理由充足，找不到任何挑剔的地方。

就算疑雁的心藏在寵物冰狼身上，在說話的當下，情感是活躍的，他可以「聽」出疑雁這些話並沒有虛假，字字真誠。

龍緋煉默默收起紅色符石，看來，這一場暮朔賭贏了。

格里亞確定龍緋煉收起攻擊型符石，鬆了口氣，解開暮朔的法術束縛。

「好啦，解釋完畢，你們可以收手，不內鬨了吧？」格里亞連連搖動摺扇，像是要把鬱悶給搧開。

「呼，終於搞定了。」暮朔喘了口長氣，這件麻煩事終於解決。「笨徒弟，我要跟你收收驚費。」

「唉，暮朔師父，都這時候了還要跟我收費。」

疑雁看著冰狼重新走回自己的身旁，內心也鬆懈了幾分。就算因此讓他們知道冰狼的功用，但最重要的那件事沒有曝光就好。

「問題解決了，可我對小鬼的信任度還是有減無增。」

龍緋煉把話說在前頭，以免暮朔以為他真的被疑雁說服。

「維持現狀就好。」暮朔笑了，「反正你本來就不信任他。」

不過，他們這個臨時組合算是分崩離析了，就算疑雁這回自救成功，也解釋清楚了自己的情況，但龍緋煉的不信任感依然存在。

疑雁對此只能嘆氣，看來他不應該和自己的族人接觸，就算接觸了，也要提醒他們不要在龍緋煉的面前出現，再加上這回說出了寶貝寵物的功用，估計之後他們不止防備他，還會防著小狼。

這時暮朔從收納袋裡拿出龍夜收起的木盒，原本他想要藉這個機會瞧瞧這裡頭到底有沒有所謂的信物，如今看來是沒有這個必要了。

「風，解開疑雁小鬼的定身術吧！」暮朔轉動著木盒，對格里亞要求。

格里亞聞言，翻了翻白眼，明明暮朔自己就能做。

不過，他還是依照暮朔的話，幫疑雁解開束縛。

「暮朔，那盒子要給他看嗎？」格里亞反手指向龍緋煉。

「不用。」暮朔搖頭，目光轉向疑雁。

他看疑雁被解開定身術後，像是獲救一般，立刻蹲下身，摸了摸冰狼的頭，內心頗感無奈。

疑雁就算死到臨頭、獲救了，都只關心自己的寵物嗎？

暮朔考慮要不要跟疑雁借狼研究，看看這隻小狼是怎麼藏住一個人的心。

可能是暮朔的「恐怖」眼神讓冰狼畏懼，牠發出嗚聲，提醒疑雁注意暮朔。

「暮朔師父怎麼了？」疑雁解讀錯誤寵物的意思。

「沒什麼。」暮朔轉動木盒，笑著說：「只是想要研究你的小寵物。」

「暮朔師父您別這樣。」疑雁苦笑著，「師父您手中的東西我也很好奇呀，所以您就別打冰狼的主意。」

「這又打不開，你好奇什麼？」

「因為那個東西裡頭可能有賢者的線索，不是嗎？」

疑雁雙眼泛出異樣的光彩，目光沒有從木盒上離開，同時，還低喃道：「我想找到賢者，而線索就在眼前。」

就算只是小聲自言自語，這低低的嗓音還是傳入龍緋煉的耳裡。

疑雁這番話，讓龍緋煉忍不住皺起眉頭。

對於疑雁維持不變，一貫的理由，龍緋煉突然想到，銀狼族是為了什麼要找到賢者？

為了平衡？

真的是為了平衡？

賢者的離開，聖域的失衡是肯定的，對於造成聖域這麼大危害的兇手，聖域族人找到賢者後，一定是要他退位，把位置讓給下任賢者。

所有人的目標都在下一任的賢者，銀狼族卻把目標放在賢者本人身上，這不管怎麼想都很詭異。

難道，疑雁那一族的人目的是要殺賢者？

以剛烈的銀狼族人性格來說，這是有可能的。

銀狼族算是聖域失衡後最大的受害者，想把禍首找出來殺死，很符合他們一族的個性。

偏偏疑雁的心放置在那隻小狼身上，讀不出來，而那隻寵物很護主，只要龍緋煉露出想要殺掉疑雁的意圖，那隻小狼就會警戒他。

龍緋煉忽然悄悄將紅色符石重新拿出，刻意詢問疑雁。

「小鬼我問你，你的族人對賢者是抱持著什麼想法？」

可能是全部心思都放在木盒上頭，疑雁想也不想，直接說出大多數族人的想法：「賢者的離開是背叛的行為，那是必殺的存在。」

此話一出，疑雁發現自己失言了！

好像答非所問？自己答的跟龍緋煉想要的答案不一致啊！他回過神後趕緊站起，才想辯解，卻來不及了。

龍緋煉不留給他反應的時間，已經朝他拋出紅色的石頭。

冰狼見狀，跳起發出嗷聲，抵銷掉了突發的攻擊法術。

龍緋煉沒想到自己的法術居然被一隻寵物破解，他瞇起眼，注視著冰狼。

果然，疑雁這隻寵物是個非常大的麻煩。

情勢驟變，讓格里亞、龍月和暮朔怔愣當場。

「小鬼二號，你是不是忘記我是賢者的朋友？」

就算不是針對暮朔，只要是對賢者有不良意圖，龍緋煉是不會放過。

「等一下，那是另外一派的想法！我們族長一派不想殺賢者的，我只是反應錯誤，沒有想清楚就回答問題。」

可惜疑雁多說無用，說出去的話跟潑出去的水一樣無法收回。

而這次，龍緋煉也不會給疑雁再一次的機會。

疑雁知道，他這回死定了。

或許是了解主人這回在劫難逃，冰狼穩穩擋在疑雁身前，意圖保護主人。牠發出低低的叫聲，嗓音共鳴一般，讓暮朔手中的木盒浮出封印紋路。

暮朔詫異的看著木盒，沒想到小狼的叫聲居然會讓木盒起了反應，而上頭的紋路是他從未見過的封印咒文。

木盒莫名的發光，引起了龍緋煉的注意。

他偏頭看著那道紋路，臉色一變，停止對疑雁攻擊。

「啪。」

木盒紋路消失，自動碎成木塊，裡面的物品從暮朔的手中掉下來。

那不是暮朔記憶中的破爛卷軸，而是透明的圓球，圓球自動滾到龍緋煉的腳旁，停頓在那裡。

龍緋煉緊盯著圓球，過了許久，才將目光轉移到疑雁的寵物身上。

小狼像是知道龍緋煉不會對自己的主人做出不利的行為，牠晃了晃尾巴，討好的磨蹭著疑雁的腳。

龍緋煉想了想，「好吧，我相信你不會做出對暮朔有所危害的事。」

疑雁愣了愣，不明白龍緋煉為什麼這麼說，他剛才不是殺氣騰騰的？

「不過，我要知道，找到賢者，你是否會危害他？」龍緋煉追問。

「不會。」疑雁堅定的說出答案。

「好，衝著你這句話，你的事我不管了，你和你的族人想要做什麼都隨便你們，不過，如果暮朔或賢者有任何差池，我自會找你們算帳。」

龍緋煉彎下身將圓球拾起，直接轉身離開，留下不明白他為什麼突然改變決定，還與疑雁進行莫名對話，對整體事件一頭霧水的暮朔、格里亞和龍月。

疑雁望著龍緋煉離開的背影，默默低頭看著腳邊溫馴的寵物。

他知道原因是什麼。

那個透明圓球告訴了龍緋煉有關於冰狼的事情。

所以，龍緋煉才決定放手。

疑雁蹲下身，摸著冰狼的頭，手緩緩移動，由頭摸到背脊，再輕輕拍了拍自己的寵物好幾下。

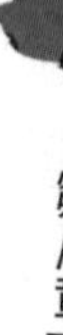

「謝謝你，冰狼。」

冰狼雙眼瞇起，露出舒服的神情，牠聽到疑雁的話，抬起頭看著主人，發出舒服的嗚聲。

疑雁見狀，露出了淡淡的微笑。

銀狼族的線索

記憶中，他第一次遇到那個人時，是在他迷路的時候。

疑雁還記得，他緊張的在樹林裡跑來跑去，找不到回家的路，不知道該怎麼辦，還大哭起來。

就算家人說過，銀狼族的孩子遇到狀況不可以哭，一定要自己想辦法解決，突破眼前的困境。

但這對一名小孩來說，非常的難。

他找不到路，也不知道自己回不回的去。

看著昏黃的天際轉成黑色，疑雁內心的焦躁一直無法消失，自己會死嗎？

森林裡有很多魔物，他們很喜歡吃小孩，所以在還沒有應付魔物的實力之前，不可以離開屬於銀狼族的安全地區。

想到這裡，疑雁哭得越來越凶。

這時，他聽到了聲音。那是屬於人的聲音，從樹林深處傳了過來。

「唉呀，真的是小孩子，乖，怎麼了？我對哭聲沒轍，你可不可以不要哭？」

那個人露出苦惱的表情，從樹林的陰影處走了出來，不止安慰他，要他不要難過，還使用法術逗他笑。

那個人和他玩了很久很久，等到他滿足了，才送他到森林外的區域，指引一條讓他可以快速回到家裡的捷徑。

當他開心自己可以回家時，卻發現那個人站在森林的邊緣，沒有離開的打算。

不知道是不是他的錯覺，他感覺那個人身上透出孤寂的氣息。

那時他還處於懵懵懂懂的狀態，他走了回去，拉了拉那個人的衣服。

「你的家在哪裡？會不會很遠？」

他和那個人在森林內打打鬧鬧了很久，他玩得很開心，連時間已經進入夜半時刻，他也沒有任何的感覺。

只是自己要回家了，他擔心那個人太晚回家，如果歸途中被魔物襲擊受傷了，那該怎麼辦？

「我沒有家。」那個人輕輕笑著，平淡的回答。

可能是這句話嚇到了他，那個人看到傻愣在原地的自己，眼眶又不爭氣的泛起淚水，不禁發出「唉呀」的驚呼聲，拍了拍站在身旁的自己的背，用許多小法術來哄他，等到自己不再掉淚，才又鬆口氣。

「真是個愛哭的小鬼。」那個人苦笑，拍了拍他的頭說：「男孩子別這麼愛哭，會被笑的。」

聽到這番話，他的臉瞬間漲紅，惱怒的拍掉那個人擱在他頭上的手。

他一點也不愛哭，只是因為迷路的關係，心情受到不少打擊，才會這樣脆弱。

那個人見到他激烈的反應，沒有生氣，發出了輕笑聲。

他見到那個人露出的笑容，知道是在跟自己開玩笑，忍不住就想說：「你沒有家，那要不要跟我回家？」

疑雁在那時還不知道聖域有所謂的「聖域三族」，他只是單純的認為，那個人沒有家，可以跟自己一起回去。

面對小孩子的童言童語，那個人愣住，然後搔著臉頰，露出對他沒辦法的無奈神色。

「我不能跟你回家。」那個人抬起手，朝可能是他家的方向比去，「我得回去那裡。你還是快點回家吧？我想你的家人會很擔心你。」

「他們才不會呢！」疑雁賭氣的說。

今天他會在這片偌大的森林裡迷路，就是因為家人的關係。

訓練什麼的他不懂，他不想要學那些複雜的東西。只是他每次一說，家裡的人就會增加他的功課量，所以他才跑出來。

不過，對於這個決定，他一點也不後悔，如果他沒有跑掉，就不會遇到那個人。

「不，他們會。」那個人露出溫和的笑，摸著他的頭說。

「他們會生氣吧？都這麼晚了，回去也是會被懲罰的。」疑雁開始擔心。

「這樣呀。」

那個人思考了一下，手指輕彈，一個小巧的方形木盒自動落入手掌中，那個人將木盒塞入他的懷裡，對他說道：「如果他們怪罪你，就把這個東西給他們看，不論他們有多生氣，一看到這個，就不會對你怎樣。」

「真的？」他眨了眨眼，對那個人問道。

「真的。」那個人點頭，對他保證著。

「那、那我回去之後，你要去哪裡？」

面對沒有家的那個人，疑雁還是很擔心。明明他與那個人只是萍水相逢，離開後，他們兩人就沒有任何交集，但不知怎麼的，他還是想要問。

那個人聽到他這席話，沒有說話，緩緩抬起手，食指朝下點了點。

疑雁的雙眉皺起，不確定的問：「你的意思是，你會留在這裡？」

那個人笑了，點頭回應。

然後，疑雁就離開這個森林，回到了他的家。

而之後，如同那個人與他保證的一樣，家人要懲罰他的時候，拿出那個人給他的物品，他們一看到那個盒子，全部愣住了，還問他這東西是誰給的。

當然，他把那個人的特徵說出來，形容給他們聽。

他們聽到後，就要他好好休息，不再詢問他為什麼會這麼晚回來。

雖然之後他的生活還是一樣，一成不變的訓練課程。

唯一有變化的，是從那天起，他一有空就會去森林找那個人。

不為什麼，他只是單純覺得，那麼大的森林，那個人一個人住在那裡，怪可憐的，如果換作是他，他可沒辦法在那裡一直住下去。

那個人一開始看到他又回來森林，是有點被嚇到，雖然如此，卻也沒說什麼，只要他來，那個人在，就會陪他玩。

那個人無聊的時候，還會替他解答武術方面的問題。

他對於那個人的廣博知識感到詫異，他拋出來的問題，那個人都回答得很迅速，有時候還會告訴他，用怎樣的方式修煉會比較好。

也因為這個原因，以後他遇到難解的問題時，都會找那個人解答。

當他們認識的時間一長，他也知道那個人有不在森林的時候，雖然有撲空的機率，他也不在意，只要可以遇到那個人就好。

有段時間他會看到一名與他年紀相仿的銀髮小孩跟著那個人一起進入森林，然後那個人自己一人走出來，對他笑了笑。

他有問過那個人，銀髮小孩是誰。

但那個人故作神祕的說，這是祕密，他不可以問。

也因為那個人的這句話，以後他看到那個人帶著銀髮男孩來到附近時，就自動躲得遠遠的。

後來過了很久，那個人帶了一隻有著雪白毛色的小狼，說是要送給他的，當作是他這段時間願意陪著自己打發時間的禮物。

那是很彆扭的理由，因為那個人說完之後，還一直問他喜不喜歡，又跟他說，那隻小狼很不錯，有很多很好的功用，希望他可以收下。

他看著那隻小狼，心動了一下，就收下那個人的禮物。

冰狼。

那是小狼的名字，他把小狼的命名權給了那個人，畢竟這隻寵物是那個人送給他的。

冰狼身上的確如那個人所說，有很多好用的功能。

他花了很多時間，向那個人學習使用冰狼身上的能力，當他學習完、實地使用時，真

的覺得全是些很方便的技能。

但他沒想到，之後過了幾天，那個人不見了，消失的無影無蹤。

後來他才知道，那裡是無領地界，那個人是居住在無領的聖域賢者。

疑雁看著蹲在腳邊的小狼，再看向暮朔。

從木盒開啟，龍緋煉說出放棄殺掉他的決定後，已經過了好幾天，龍緋煉真的沒有繼續針對他，而且回到了先前不太理會的漠視狀態。

唯一不同的是會叮嚀他，要他不要把不該說的話說給龍夜聽。

面對龍緋煉轉折頗大的態度，疑雁有些不習慣。

可能是被龍緋煉堅決的抹殺念頭嚇到了，原本對他很恭敬的心理，又變得更加小心翼翼，完全不敢違背。

另外，當龍月知道他是無辜的，事後也向他道歉。

當然，龍月的道歉他收下了。

等到疑雁確定自己的危機解除，當晚他在熟睡之際，想起了這段遺忘許久的過往。

在他想起的當下，就是立刻跑出房間，把暮朔約出來聊天。

「所以，寵物小狼是那傢伙送的呀！」暮朔無聊的蹲下身，玩著疑雁的寵物。

「是的。」疑雁點頭，想了想又說：「不過我為什麼會忘記呢？」

這是疑雁心中最大的疑惑。

當這段記憶復甦之後，他赫然發現，原來他這麼早就見過暮朔。

雖然是單方面的記憶，實際上想起來還是有點好笑。

難怪他面對暮朔，不會有任何的反抗心理，因為暮朔身上的某些特質與賢者一樣，讓本來就很崇敬賢者的他不自覺受到影響。

「賢者的法術，不意外。」暮朔聳肩說：「他應該只讓你記得你有這隻與他相關連的寵物吧？」

疑雁點頭，他遺忘那段記憶後，唯一記得的是，冰狼是賢者以前贈與的，而冰狼會自動使出一些遮蔽類型的法術，可以遮斷一些外人的竊聽與窺視。

「真沒想到這隻寵物小狼是信物。」

暮朔咋舌，還是不敢相信，疑雁和這隻寵物小狼有著與賢者相關的線索。

當然，這也是他在早上遇到龍緋煉時，龍緋煉直接對他說的。

只是疑雁身上持有的賢者線索幾乎是失蹤前的，還是沒有任何幫助，唯一有的，應該是疑雁的寵物小狼。

只要他們弄清楚賢者為什麼將小狼贈與疑雁，找出這層原因，相信他們可以將找尋賢者的進度往前推上一大步。

「暮朔師父，您現在還是沒跟緋煉大人好好的談談嗎？」

「嗯。」暮朔放眼遠眺，不想談論這個話題。

「這樣啊……」疑雁看著暮朔，不確定的說：「您是故意不理他的嗎？」

「雖然有正當理由，但還是不開心。」暮朔哼了一聲，「我知道我跟緋煉都有錯，不過，先讓我冷靜一下好了。」

雙方的堅持，到最後演變成這樣的結果。

暮朔的堅持，是因為賢者信物的影響；龍緋煉的堅持，則是因為賢者的請託。

這些都是龍月轉告暮朔的，因為龍緋煉知道暮朔現在不想理會他，就要求他轉告。

當暮朔聽完後，忍不住嘆氣。

結果，千算萬算，都算不過一個失蹤的人？到最後，龍緋煉、格里亞還有他全輸了，敗給一個尚未找到的賢者。

其實，在木盒開啟之後，暮朔也想起了一段應該要記得的記憶。

他沒有對疑雁說，只是將它擱置在自己的記憶一角。

第一次開啟的木盒裡，所顯現出來的物品真的是一個卷軸。而且那個破舊的卷軸，他有打開過，那裡面排列著賢者去過的地點座標。

如果要找尋賢者，那些賢者曾經去過的地方就是線索。

但後來，他忘記有打開卷軸的這件事，被改變的記憶只讓他記得有打開過木盒、有看到卷軸而已。

這讓暮朔鬱悶不已，難怪老覺得他的好奇心應該不會允許一個不確定的物品就在身邊，卻沒有下手。

面對父親給予的物品，他會直接打開，翻看徹底才對。

「暮朔師父，那個圓球是什麼？」

疑雁問的是這次木盒打開之後所掉落出來的物品。

「我不知道。」暮朔誠實的說。那東西被龍緋煉拿走了，他怎麼會知道。

「那就拜託您了。」

疑雁一臉誠懇。

暮朔見狀，忍不住嘆氣，疑雁的意思是要他跟龍緋煉道歉、詢問嗎？

這讓暮朔頭痛了，看來他要想一個可以說服自己的理由，再去找龍緋煉示弱，並向他探問圓球的功用。

不過這樣也好，這樣他就不會在遇到龍緋煉時，尷尬到說不出話來。

雙夜05沉默之狼的危機　完

番外

「龍緋煉！我不是叫你別來這裡？」

身穿黑色袍裝的黑髮青年手抵著額，忍不住低吼。

先前聽見敲門聲時，他還想著是誰一大早跑過來，下一刻就眼睜睜看著有著囂張神情的紅髮青年破門而入，還被對方拖出門外。

「你以為我想來嗎？風。」龍緋煉挑眉，淡漠地說：「他想見你，就帶他來了。」

語落，龍緋煉側過身。

風看到一名身穿白色衣袍的男童從後方樹叢走出，眨了眨銀色雙眸，略微無趣般拍著被數片綠葉糾纏不放的衣服。

「幾年沒來，這裡沒怎麼變。」男童左右張望，目光移到黑髮青年上，抬手打招呼，「唷，風，你最近還好嗎？」

「很好、很好。」風嘴角抽了抽，橫了銀髮男童一眼，不甘的小聲嘟噥道：「暮朔，只是幾年沒來而已，有必要這麼生疏嗎？」

暮朔耳朵尖，聽到風微弱的碎碎唸，發出低低的竊笑聲，走到他的身前，拍風的肩膀安慰道：「太久沒見面了，熱絡不起來。」

風沒好氣地拍掉暮朔的手，「太久沒見，知道我回來，就自己過來，沒必要帶那傢伙一起。」

「沒辦法。」暮朔眼簾低垂，不著痕跡朝後方的紅髮青年瞥了下視線，「你也知道我『不便外出』，要來找你還是得靠他。」

「不難理解。」風頷首，又說：「你也可以等我找你，再請我帶你過來，何必去拜託他？」

風不喜歡龍緋煉，從暮朔變成「這樣」之後，只要遇到暮朔的事情，偏激的人會更加偏激。

「撇開那些不談，不能進到你家裡嗎？一定要站在門外吹風？」暮朔偏頭，指著依然站在門口，包含自己的三人。

風翻了翻白眼，無奈道：「唉，好好好，進來、進來。」

虧他一直勸阻龍緋煉不要過來，說是這裡亂，不方便迎接堂堂的族長到來。

「風，不歡迎就直說。」暮朔輕笑的調侃。

風聳肩，揚聲對龍緋煉說：「喂，我先跟暮朔談談？」

龍緋煉抬起頭望過來，紅色的眼珠緊緊盯著風。

「緋煉，前面不是你說暮朔要找我的嗎？」風挑眉道：「既然他有事找我，就讓我們獨自談一談？」

雖是問句，卻聽不出詢問的味道。

風的意思很明顯。既然暮朔找的人是他，縱使龍緋煉再怎麼心不甘情不願，還是把人帶到他的面前，既然人送來了，也不該露出那種警告的凶狠表情，一切是他自找的。

「快一點。」龍緋煉冷漠地說：「暮朔今晚的修煉尚未開始。」

「我儘快就是。」風邊說邊拉著暮朔進入木屋，且在話完時，狠狠把門給甩上、上鎖。

暮朔一踏入木屋，唇勾起，到處張望。

「怎麼多年沒來，你這裡就變亂了？」

風瞪了暮朔一眼，「還不是那個人害的？」

風居住的地方是聖域的三族交會處，被居住在聖域的人們稱為無領地界，雖然無領地界的外側是魔物橫行的樹海地區，但只要能夠深入到最內側，就會意外發現，深處是無領居民居住的地方。

「還真多。」暮朔腳抬起，銀色的眸子盯著地上一顆顆各式顏色的圓球，並隨意踢著圓球，開口問道：「那個人的爛攤子還沒處理完？」

風聳肩，用動作取代言語回應。

「那傢伙，你搞定了沒？」風故意挑開話題，手抬起，朝門外比去。

暮朔眸光輕轉，故意裝傻問道：「搞定什麼？是問我有沒有搞定我家那位呆弟弟？」

「誰要問你家那位。」毫不留情，風賞了暮朔白眼。

「呵，因為有你幫忙嘛。」暮朔掩嘴輕笑，衣袖遮掩住他的唇與下巴，頭微低，看不清此時的表情，「感謝你早前送的那一大批材料，不然我真的想破頭，也想不出什麼收集的好方法。」

「一體雙魂的祕法，是嗎？」

暮朔輕輕點頭，「他似乎不太喜歡夜。」

夜，龍夜，那是暮朔的雙胞胎弟弟，同時也是他目前所依附的身體持有人。

「不是不太喜歡，是特別厭惡吧？」風揚眉道，又對暮朔說：「你不是要弄一個結界？弄好了？」

「好了。」暮朔兩手一攤，一臉無奈，「我那個弟弟武的全部不行，好在法術上還頗有資質。」

「所以就設個結界讓他好好練習？」

「是的。」暮朔笑著點頭，「不過之前想的是練武，沒想到是要進行法術方面的教導，所以後續材料不太夠，麻煩你再給我一些。」

「付錢。」

「嘛，我是小孩，多多擔待。」

「……奸商。」風含恨說道。

就算不是用錢，暮朔製作出來的物品也可以拿來做材料費，那個死傢伙就是不願意用自己的東西抵債。

「好了，話說夠了。」暮朔走到門口，臨走前終於忍不住對風說道：「你可以幫我勸勸緋煉嗎？」

「我跟他感情不好。」風淡淡地說：「不過我會盡力。」

他知道龍緋煉想要做什麼。

當初賢者把暮朔的魂安在龍夜的身上後，那個人就想讓暮朔從「借住」變成「佔有」。

暮朔和龍夜是雙生子，既然暮朔的魂可以置入龍夜的身體，那麼，代表暮朔有可能取代身體的原主人，不用再區分白天與黑夜，可以完全使用那個身體。

只是那是不合理的，畢竟暮朔是暮朔、龍夜是龍夜，縱使是雙子，實際上依然是兩個人，不能因為暮朔的身體已經死去，就要犧牲龍夜這個人，換取暮朔的存活。

龍夜太無辜了，暮朔也下不了手犧牲他。

風是贊同暮朔的，於是龍緋煉才會沒有機會動手，於是，每次龍緋煉給龍夜難堪後，暮朔總會積累著怨氣，想來找風抱怨發洩。

風習慣歸習慣、聽歸聽，可惜也束手無策。

「嘛，雖然不知道你的弟弟進度如何，總之，你要加油。」

「當然。」暮朔笑著揮手，不然他不會費盡心思，要做出一個良好結界，可以好好的訓練弟弟。

然後，暮朔打開門，喚了不知何時早已站在門前，紅色雙眼死盯著門口的龍緋煉。

風見狀，忍不住打了個哆嗦，還好這房子有設結界，龍緋煉讀心功力再強，也拚不過無領的結界。

三人各自在門內、門外站定，兩兩相看的沉默了一會兒後，龍緋煉把暮朔遠遠的拖走。

站在自家門裡，風遠遠的看著暮朔和龍緋煉在談話，他們壓低聲音，似乎不敢把聲音放大。

風很清楚，這應該是龍緋煉要求的，雖然暮朔勉強配合的把聲音壓低，但是不滿的情緒居高不下，一直煩躁的跺腳，偶爾還露出凶狠目光，像是在咆哮。

過了許久，暮朔似乎敗下陣了，乖乖的抬起手，接過龍緋煉手中的一顆透明石頭，然後走到旁邊，拋接著石頭像是在進行修煉。

直到擺平暮朔，龍緋煉這才轉身走向木屋。

「你們在做什麼？」風假裝啥都沒瞧見的問。

「只是叫他練練結界。」龍緋煉淡淡回應，把風推離門口後，跟著進屋。

「是嗎？」風懷疑問道：「修煉而已，暮朔火氣會這麼大？你轉身過來時，他瞪著這邊的眼神很可怕。」

龍緋煉淡漠地瞥了風一眼，「你管太多了。」

「誰想管你？」風的重點在另一位。

「怎麼，不歡迎我？」龍緋煉選擇轉移話題。

「沒有。」風關上門，誠實地說：「是不想看到你而已。」

「呵，賢者失蹤後你的工作變多了沒錯，但有必要把我拒於門外？」龍緋煉疑似好心的建議，「我好歹是賢者的友人，你真忙不過來，可以拜託我。」

他知道風身上承擔的責任很多，基於朋友道義，該幫忙他還是會幫，雖然是要看心情。

「抱歉，我做不到。」風二話不說，斷然拒絕，「這是無領的事，就算你貴為族長也無權插手。」

「這樣呀，可惜了。」

雖說可惜，龍緋煉依然一臉笑容，讓人摸不清這句話是真是假。

風重重哼了一聲，擺手道：「賢者失蹤後，你們龍族也給『我們』不少壓力，你還是不要添亂。」

「添亂？我的人我會管理，你可以放心，話說回來，真不愧是賢者養子，無領至今沒有多少動盪，那些人真得要感謝你。」

不是貶，而是褒，龍緋煉是真心誇讚。

無領地界是賢者的地盤，居住在這塊無領地界的居民都是被賢者庇佑，只要賢者仍在，就不會有人想要對無領居民不利。

只是失蹤——對，風口中的「失蹤」不是騙人的，算算時間賢者已經失蹤了一年左右。

一年而已，卻讓風有種已經度過十幾年的錯覺。

忙啊，他這位賢者的養子根本是在收失蹤養父的爛攤子。

賢者失蹤的消息一洩露，不到幾個時辰，全聖域的人都知道了，還被他發現那些負責統籌無領事務的賢者副手們全部消失，不見蹤影。

這樣就算了，原來居住在無領的居民得知賢者失蹤的消息，又知道目前無領暫時由他管理，有一部分對他擺出不信任的態度，不是使用無領內的傳送法陣逃跑，就是躲在不為人知的聖域一角，等待賢者回來。

即使像龍緋煉說的沒有大動盪，但也有不少問題產生，一件解決又一件發生的根本收拾不完。

面對賢者失蹤後接二連三的各種事件，讓風深深懷疑，他到底是不是賢者這一邊的人，為什麼只有他被留下來？害他現在想一走了之也走不了。

「那個混蛋。」風咬牙切齒，眸中透出凶狠的目光，他非常肯定，只要那傢伙的行蹤被人找到，他一定要第一個衝過去，狠狠把那位不良養父給痛毆一頓。

每當風想到賢者失蹤之前，賢者用開玩笑的口吻問：「如果哪一天我不見了，聖域要暫時拜託給你，由你來穩定聖域的平衡，你會怎麼處理？」

他是這樣回答——如果是這樣，他會保住居住在無領的居民，不受外界居民的欺侮，也會處理一旦賢者不見，可能會引發的種種事端。

當時說得這麼美好，賢者也拍了拍他的頭，笑笑的說：「那麼，真到那時候，聖域就拜託你了。」

那時候的話言猶在耳，由此可以確定那傢伙是早有「失蹤」意圖，風很後悔自己當時腦筋抽了，居然回話回得那麼認真、煽情。

本來以為是說好聽的而已，誰料想得到，那不是賢者又一次發神經需要人家說好聽話柔情一把，居然是真的想要拋棄無領地界出走，風實在後悔極了。

當時應該要狠狠指摘賢者，再把他揍到吐出實情為止，省得現在忙成這樣，也抽不出時間調查賢者現在的行蹤到底在哪裡。

「別這樣，一切全是為了他好。」

龍緋煉聽著風心中的怨懟，好言勸導。

風沒有回應，挑起眉看著龍緋煉。

為了他好？話說得好聽，風不是瞎子、暮朔這當事人心裡也十分明白，這個人口中說的「好」，對他們來說根本是不想要的麻煩。

「你似乎不認同?」龍緋煉紅眸微動。

「作法不同，我沒什麼好說。」風決定快速跳過這個話題，「唉，我擔心我自己。」

「你怕死?」龍緋煉大概瞭解風的擔憂。

風點頭。

這是他最擔心的一件事，怕自己會死，因為他是目前聖域內唯一有影響力的無領居民。

雖然賢者的工作暫時由他代理，但他充其量是「代理人」，並不是賢者本人或是繼承人，過不了多久，那些自以為高高在上的聖域三族居民，會把矛頭指向他，要他對賢者失蹤的事負責，還可能要求他交出賢者的管理權限吧!

他的動作要快，要在三族動手前，把聖域的雜事處理完畢，然後找地方把自己藏起來，等候賢者回歸。

「風。」

「什麼事?」

「如果你被追殺，可以來緋炎族找我。」

不單是因為風是賢者的養子，更是因為交情，他們認識時間不短，這一點小事他可以做到。

「不了。」風拒絕龍緋煉的好意，「你的好意我心領，若是真的發生那樣的事，保我的你也會有危險，我可做不出危害他人的事。」

「說說罷了，你不用太介意。」

「嗯，沒事你就滾，我有事要忙。」

「嗯。」龍緋煉冷冷點個頭，轉身就走。

簡短的談話到此結束，龍緋煉推開木門，多停留一會兒，檢查完暮朔的修煉進度後，帶著他離開。

等到風確定龍緋煉和暮朔已經離去，正要把門重新掩上，繼續忙自己的工作，卻聽到小小的聲音。他回過頭，看到遠方樹叢出現一抹小小的動物身影，他看著那個黑影，搔搔臉頰，嘆了口長氣。

風挪動腳步，走出木屋，來到樹叢前，對著小動物藏匿的樹林，喃喃道：「有機會就在傳送之地那裡轉轉吧，龍族的人修煉年齡一到，必定會離開聖域，在外歷練。通知你的主人，讓他把握這個機會跟隨出去，也可以趁機注意他的狀況。」

樹叢內的動物動了一下，發出聲音，當作回應。

「就這樣，你可以離開了。」

風輕笑，發出催促。

他並沒有等樹叢內有著銀白毛色的狼型小動物離開，隨即轉過身，在這瞬間，他遺忘了適才與小動物的對談，回到木屋，處理自己應做之事。

時間不夠，真的不夠。

風希望在自己離開前，可以將所有事情準備完成，這樣當他迫不得已必須離開聖域時，才不會準備不足，給自己增加困擾。

只是，跟時間賽跑的最後準備，實在是太累人。

雙夜　番外《最後》完

後記

《雙夜》不知不覺邁入第五集，該浮上檯面的事情都浮了上來，在前面幾本戲份少得可憐的疑雁小鬼終於有戲份了。

這一集算是疑雁小鬼的回合，他和他那一族的主要目的也在這一集完全揭開。

當然，這次的後記還是有一點小劇透，請先看後記的讀者大人們把頁數往前翻，看完再看後記喔！

上一集神祕的影會身分公布出來，這一集是神祕的情報組織，我終於把水世界的主要信仰勢力圈給全拉了出來。

只能說，水世界的土地神還真會選信奉者，挑上情報組織，利用祂的優勢，可以讓珀因肆無忌憚到處亂挖情報，把荷包賺得滿滿，這樣一想，土地神也挺市儈的。

如果讓光明教會與黑暗教會知道，鐵定會吐血，他們絕對想不到，委託的情報組織居然是屬於土地神的，他們的神明居來是外來的（笑）。

雖然學院方的戲份越來越少，不過這一回也說明了格里亞為什麼會在楓林學院，不是在其他地方尋找賢者的原因。

在這一集裡，龍夜和暮朔這對兄弟檔攜手合作，對上了龍緋煉。暮朔應該很頭痛，畢竟對手比他還要厲害呀，幫助他的人也只有格里亞和龍夜。

（其實只能算格里亞一個人吧，暮朔出來，龍夜就睡了……）

不過，這一集有小小的對不起龍月一下。

由於這一集主要是處理疑雁的事件，所以水世界的那群人（望向光明教會與黑暗教會），他們只好自己蹲到旁邊去，等下次的戲份囉！

老實說，這一集進行的時候一直被卡卡大神附身，不知道是不是靈感大人討厭我家的疑雁小鬼還是怎樣，只要一跳到疑雁那邊的劇情就直接卡死。

反過來，劇情推到格里亞和暮朔那邊，速度又快得驚人，這讓我心情複雜，不知道該不該招死靈感大神。

而且到後面，劇情還差點暴走，一度想要讓龍緋煉真的把疑雁小鬼直接宰掉，一了百了又省時省力。不過這樣的話，團體分裂就算了，一方面要將那些怒火沖天的水世界銀狼族人處理掉，還要防止被光明教會襲擊，這樣亂下去，故事鐵定會進入 Bad End 模式，直接說再見。（掩面）

所以只好用這種方式讓疑雁拿到一張特赦令，不用變成烤狼肉被人吃下肚囉！

最後，感謝編輯平和万里，老實說，這一集真的很難掌握呀，希望她不會看到嘔血。（掩面）

如果各位讀者看完後，有什麼心得，歡迎來到我的出沒地點喔！

以下是我的出沒地點，歡迎大家踏踏～

部落格：http://wingdark.pixnet.net/blog

噗浪（PLURK）：http://www.plurk.com/wingdarks

愛紗無邊 Lala
福爾摩斯貴公子
紅色檔案殺人事件
01
腹黑少爺
負債女僕
極盡使喚
打工還債
起點A級作品!!六十萬讀者推薦
最曖昧的戀愛偵探推理劇場!
父親慘遭詐欺！ 欠下大筆鉅款！
她!即將賣身還債!!??
給我搞清楚。
這個世界，
我，就是規矩！
她就知道，
麻雀變鳳凰的
完美結局，
那是絕對不可能的!!
2012/3
全國便利超商、
新絲路網路書店
華麗開播！

我們改寫了書的定義

董事長　王寶玲

總經理　兼　總編輯　歐綾纖

出版總監　王寶玲

印製者　和楹印刷公司

法人股東　華鴻創投、華利創投、和通國際、利通創投、創意創投、中國電視、中租迪和、仁寶電腦、台北富邦銀行、台灣工業銀行、國寶人壽、東元電機、凌陽科技(創投)、力麗集團、東捷資訊

◆台灣出版事業群　新北市中和區中山路2段366巷10號10樓

TEL：02-2248-7896

FAX：02-2248-7758

◆倉儲及物流中心　新北市中和區中山路2段366巷10號3樓

TEL：02-8245-8786

FAX：02-8245-8718

雙夜/DARK櫻薰作. -- 初版.　—新北市：

華文網，2011.05-

冊；　　公分. --(飛小說系列)

ISBN 978-986-271-196-5(第5冊：平裝). ——

857.7　　　　100005809

飛小說系列023

雙夜05-沉默之狼的危機

出版者■典藏閣
作　者■DARK櫻薰　繪　者■薩那SANA.C
總編輯■歐綾纖　企劃主編■平和万里
製作團隊■不思議工作室
郵撥帳號■50017206 采舍國際有限公司（郵撥購買，請另付一成郵資）
台灣出版中心■新北市中和區中山路2段366巷10號10樓
電　話■(02)2248-7896　傳　真■(02)2248-7758
物流中心■新北市中和區中山路2段366巷10號3樓
電　話■(02)8245-8786　傳　真■(02)8245-8718
ISBN■978-986-271-196-5
出版日期■2012年05月

全球華文國際市場總代理／采舍國際
地　址■新北市中和區中山路2段366巷10號3樓
電　話■(02)8245-8786　傳　真■(02)8245-8718

新絲路網路書店
地　址■新北市中和區中山路2段366巷10號10樓
網　址■www.silkbook
電　話■(02)8245-9896
傳　真■(02)8245-8819